JN046250

颱風（タイフーン）

レンジェル・メニヘールト

小谷野敦＝訳

幻戯書房

原典はハンガリー語で、ベルリンを舞台としていた。ベルリンで上演された際に舞台をパリに変え、パリで上演された際はベルリンに戻している。この翻訳はロンドンで上演された英訳（ローレンス・アーヴィング訳）による。

目次

ロゴ・イラスト――丸山有美
装丁――小沼宏之［Gibbon］

颱風（タイフーン）

登場人物

パリの日本人コロニー

吉川男爵

トケラモ・ニトベ……文学博士

小林……文学博士

大前……法学博士

北村……医学博士

ヤモシ……法学博士

ヒロナリ……吉川の息子

アママリ

三宅

田中

吉野

ヨトモ

ジョルジュ……………トケラモの下男
ルナール・ベインスキー（原典ではリンドナー）
デュポン博士
ブノワ………………捜査判事
マックランド…………高等法院判事
シモン…………………判事の部下
アッシャー
テレーズ
エレーヌ

第一幕

場面。パリ。トケラモのアパートの客間。豪華な家具があるが、いくつかの日本の品が、フランスの家具と奇妙な対照をなしている。観客の右手には開き戸があり、ホールと外部へのドアに通じている。ドアにはガラス戸がはまっているので、誰かが近づくと中から影が見える。ドアの向こうにはカーテンとブラインドのついたフランス窓があり、その外はバルコニーである。窓には日本の風鈴が下がっていて、風が吹くとちりちりと鳴る。背後の壁の真中には、覆いのかかった前のミカドの肖像が掛けられている。窓に向かって左手には、重いカーテンのかかった廊下が、寝室へ続いている。カーテンが開かれると、ベッドの一部が見える。この廊下の左手には、アパートの内部へ通じるドアがある。家具の中で目立つのは大きな物書き机で、上にはランプが載っている。窓のところにはもう一つの机があり、上に大きな金庫が載っている。ほかはソファ、椅子など。いくつかのお椀や花瓶があり、花が西洋風ではなく日本風に生けてある。

（アパートの外側のドアから、電気ベルの音が激しく鳴らされる。それを聞いてジョルジュが出てくる。背の高い、赤毛の下男で——寝室から出て、アパートのドアを開けるため歩いていく。口論の声が聞こえる。）

ジョルジュ　（外で）御主人さまは不在です、マドモアゼル。

エレーヌ　（外で）なら中で待ちます。

ジョルジュ　（外で）御主人さまが不在の時は誰も入れてはならないのです。

（ジョルジュはエレーヌに押されて部屋の中へ入ってくる。エレーヌはテレーズの手をとっている。エレーヌは大変派手な若い女で、落ち着きがなく、少年のようである。わがままで、反省的思慮を欠くが、ピッチの高い、衝動的な魅力をもつが、その根底は浅い。テレーズは年下で、従順で、感傷的である。彼女はエレーヌの魅力的な傲慢さはまったく持ち合わせていない）

エレーヌ　ああ、なんてこと！　来なさいテレーズ。

テレーズ　でもダメなんでは？

エレーヌ　（鏡を手にして自分の顔を見て）また！　バカなことを！　ここは私の家よ——家も同然なんだ

から！　実際一部は持ち主なのよ。ジョルジュ、ご主人様はいつお帰り？

ジョルジュ　（絶望して）ここにおられます――いまお風呂です。

エレーヌ　（ジョルジュの耳をつまんで）じゃああんた、嘘をついたのね。

ジョルジュ　ご主人様にはあなたのことは申し上げました。

エレーヌ　お黙んなさい。（彼の口にタバコを押し込む）何かつめこんだほうがいいんだわ。（エレーヌは手一杯のタバコを彼の服のポケットに押し込む）ほら、行ってらっしゃい。（両手を叩いて）はい急いで！　駆け足！　こんにちは、家にいる方。

（ジョルジュが去る。主人の厳しい言いつけに反したのに、思わずおどけたしぐさをしながら）ともかく部屋からバカが一人減ったわ。（タバコをテレーズに放る）お好きならとっておきなさい。行ってもいいわよ。（写真立てをとりあげ、後悔の思いでそれを見る）十七歳の私……。（声に出して、苦笑する）見て！　これだけが残っているのよ。（バカにしたように写真を見つめる）幼くて無邪気なころ……私、美人コンテストでフォークストン埠頭へ行って、その時の写真なのよ。

テレーズ　優勝しなかったんですか？

エレーヌ　あら、もちろんしたわよ、優勝。鼻のせいで一点マイナスになったけど、それでも優勝。……あなた、男を嫌悪していない？

テレーズ　（純朴な率直さで）あら、まさか。

エレーヌ　待って、あなた……（落ち着きなく部屋の中を動き回る）私も分からないのよ。ある意味私は男を嫌悪していて、ある意味では好きなの。……私のジャップはいつも夜の風呂が長いの。もし今日彼に会えなくても明日は会えるわ。（足をカウチの上でぶらぶらさせ、煙草を吹かす）

テレーズ　（あまり物思いのない快活さで情報を伝える）彼に会わずじまいになるのは嫌だわ。私、雑誌でたくさん日本のことを読んだんだけれど、あなた知ってる？　日本人は自分らのことよりも国のことを考えるのよ。彼らが第一に考えることは日本に奉仕して、それを偉大な国にすることなの。そして彼らが考えるには、ヨーロッパ人は自分たちのことばかり考えているんですって。自分の健康とか安楽とかを、うっとうしくいらだたしく。そして大きな危険が迫って初めて、自分らの国のことを考えるんですって。でも日本人にとってはそれがいつものことなんですってよ。ああ、それに考えてみて、ロシアとの戦争の時に、あの奥さんと一緒に死んだかわいそうな将軍が指揮をしていて、こう命令を出したんですって。もし負けても自害はするなって。そうなの、彼らは自分の命は国に預けていると思っているんですって。私たちの国ではそんなことないわよね。

エレーヌ　ああそう、ジャップの兵隊はみんな歯ブラシを帽子に忍ばせているのよ、それで、殺すならそ

の前に歯を磨かせてくれって。（滑稽な身振りをする）

テレーズ　まさか。

エレーヌ　ホントなのよ！　日本人ってきれい好きなの。トケラモだってそうよ。

テレーズ　そうなの？

エレーヌ　決してほかの野蛮人とは違うって、いつもにやにや、にやにやしているの。

テレーズ　彼は完璧な彼氏のように思うわ。

エレーヌ　でもにやにやしてばっかりなのもね。私はいっぺん、彼につかまれて、ぶるんぶるん上下してもらいたくなるわ。

テレーズ　（これを強い執着と考えて）あなたはとっても彼が好きなのよ。

エレーヌ　まあ全体としては、嫌悪しているよりは好いているわね。これまで男の人に対してした評価ではこれが最高のもの。……日本人の彼。

テレーズ　彼はどんな風？

エレーヌ　背が高いわ――ジャップとしてはね。

テレーズ　背が高い？

エレーヌ　彼は彼が育った北の島からやって来たの。いつか彼は荷物をまとめて私を捨てて帰ってしまうわ。でも彼はまだ私にかみつかれたことがない。いつかひとかみお見舞いしてやるわ。……さもなきゃ私……もし私とルナール・ベインスキー、詩人のベインスキーのことを話したら何て言うかしら。

テレーズ　エレーヌ、私あなたとベインスキーのスキャンダルについては聞いたことがないわ。

エレーヌ　あらそう？　彼は私と結婚したがってるのよ。おばかさんね！

テレーズ　（欲求不満の調子を声に出して）人は結婚すべきだわ。

エレーヌ　詩人と結婚する人なんかいないわ。あれは男じゃないし、彼はしらふでいたためしがないのよ。（考え込み、小首をかしげる）そして今、東洋の骨董品――もし彼が私と結婚したいなら……でもそれはないわね！……私ベインスキーに彼と私のことを話したの……

テレーズ　（熱心に）そうなの？　で、どうなった？

エレーヌ　彼はブランディを諦めて、アブサンに手を出したわ。（陽気に笑う）で、今はパリを暴れまわって、ジャップのライバルを殺そうとしているわ。二人が出会ったらどうなるのかしら。

テレーズ　二人で殺し合うんでしょう。

エレーヌ　そしたら全部の新聞にあたしが載るわけね。「問題の美しい娘の写真、うんぬんかんぬん」って。

テレーズ　でもあなたの日本人はなぜパリにいるの？

エレーヌ 彼に聞いたらいいわよ。きっと彼は（トケラモのまねをして）おう、おう、おう、おう……殴り書きして、殴り書きして、読んで、読んで、おかしな人たちが裏手からやってきて、彼は自分と彼らを閉じ込めて——

テレーズ 日本人たちが？

エレーヌ いいえ、ヨーロッパ人よ。すべり入り、すべり出て、いつでも鍵を閉める。彼は入る前にはノックをしてもらいたいと言い、（トク［＝トケラモ］のまねをして）それからどうぞ、って言うの。（女らしい好奇心が押さえつけられた不機嫌をもって）彼の羊皮紙みたいな笑いの下に何があるのか、見つけたいわ。……すべてのひきだしに鍵がかかっている！……（ひきだしをグイっと引っ張る）

（ジョルジュが入ってくる。いくつかの服と服ブラシを持っている）

ジョルジュ （エレーヌのしていることがとうてい許されないのを見て驚き）マドモアゼル、それは禁止されています。

エレーヌ お黙りなさい。……ああ、ここが開いている。（熱心にひきだしを覗き込む）

（ジョルジュが寝室のカーテンを閉めようとしていると、トケラモが静かに入ってくる。彼は顔のいい、若い日本人で、貴族的な長い顔。いい仕立ての欧州風の服。顔色は黄色というよりクリーム色。髪は石炭のように黒く艶がある。脚は彼の同国人一般と同じくややがに股。体のしぐさは少ないがしなやかで、手の指は長くて細い。彼は足を床から上げることなく歩くので目につく。ヨーロッパ人と話すときは、ややとまどった形式的な感じがする。彼は自然な動きをしようとするのだが、それがこわばって見える。彼が外国語で話すときは、苦労している感じがあり、そのため歯がむきだしになる。彼のほほえみはあまりにニカッとしているので日本人的だ。だが彼が日本人の間で話している時は、こういう不自然さがなくなる。そうなると、静かな物腰の、柔らかくしゃべる、高貴な生まれの日本の紳士が残るのだ）

トケラモ　（少しの間、エレーヌが規則を破っているのを立って見ているが）エレーヌ！

エレーヌ　（ひどく驚いて）ああ！

トク　（柔らかく厳しく）私の書類に手をつけないようにと一度ならず言ったはずだね。

エレーヌ　（不機嫌からかんしゃくを起こして）あなたは私をこんな、人も見ている前で！

トク　（にこにこしながら）私が？　いやとんでもない。紹介してくれるかね。

エレーヌ　（気にせず）こちら最良の友達――そしてもう一人最良の友達。（トケラモとテレーズが握手をするが、二人とも戸惑っている）ほら、二人で色っぽい目つきで見つめ合っていないで、座ってちょうだいよ。（二人座る）

トク　まあまあエレーヌ、私のことは好きにあしらっていいんだが、私の家ではあなたの友達をもっ

と配慮して扱ってほしいね。(座る)

エレーヌ (頭をそびやかして)私たちって騎士的では!

テレーズ エレーヌと私は古い仲良しで……

エレーヌ むだ話!(テレーズの帽子を雑誌で叩く)

テレーズ (最良の仲間の風をして)長いことお近づきを得たかったんです。

トク (戸惑った時によくやるしぐさで、手で頭の後ろをかきながら)ああ、どうぞ……私はごく普通の日本人です。

テレーズ でもあなたはそれほど黄色くは見えませんわ。(怒らせるかもしれないのにうっかり口にする)

トク (静かに、怒りを抑えて笑い、肩をそびやかして)私は石鹸でよく洗いますからね、それで色が消えたのかも。

テレーズ エレーヌ、聞いた?

エレーヌ まああなた方、おかしな話を!……(ベルが鳴る。皆立つ)ほらテレーズ、私たちがここにいたらまずいわ。(ドアの方へ行く)

トク 見られたら何か?

エレーヌ 私は嫌なの……さようなら、ペット。

トク　（彼女の腕をとり、ささやいて）先週渡したお金はまだ残っている？

エレーヌ　いいえ。店にはたくさんのかわいいドレスがあって、私のようなかわいそうな悪魔が店の外にいるんですもの。夜には戻ってくるわ。

トク　いや、それはちょっと。私は仕事がある。

エレーヌ　（突然かんしゃくを起こして）なら私はうせさらすわ！　結構よ。

トク　（彼女の腕をとらえ、なだめるように愛情をこめて）君はぼくのかわいい人。今晩たまたま会合があるだけだよ。それで終わりだ。

エレーヌ　（突然の怒り）それならそれで終わりね！

（吉川男爵と小林が入ってくる。二人とも五十歳から六十歳の間で、日本人のその年配の者によくあるくすんだ顔色をしている。男爵は横柄で冷たく、人好きのするところはまったくない。小林はそれに対してひどく愛想のいい男）

（女たちは笑いながら去る。ドアがパタンと鳴る。そこにいる日本人たちは、相手の身分にあわせてお辞儀をする）

吉川　またお訪ねすることができてうれしい。

小林　私もです。

トク　あなた方お二人に会うのはいつでも喜びです。どうぞお座りを。（トケラモはドアに鍵をかける）よければタバコをどうぞ。（儀礼的な敬意の表明が三人の間でなされる）

小林　（腰かけて）何か日本から新しいニュースが？

トク　（腰かけて）特には。ああ、東京を新しい台風が襲ったようだよ。家がたくさん流された。死者も多かった。だがわれわれは新たな家を建てるし、残骸には新たな人びとが入っていくだろう。

トク　そうです。ニッポンはそのような災害からは立ち直ります。

吉川　（座って）さっきの二人の婦人は何者かね？

トク　単なる知り合いです。——単なる通りすがり——男はそれくらいの相手がいないと。

小林　まさにそうだ。君はここに一年半いるね。

吉川　トケラモさん、ああいうご婦人方にはお気をつけて。あなたはわれわれの間で最も頭がいい。ミカド（この神聖なる言葉が発せられると、日本人は皆立ち上がり、足をそろえて膝を折り、息をつめて肖像画のほうに恭しくお辞儀する）とニッポンははるか遠方からの支援を期待している。君が集めた情報の束はわれらの帝国の新たな第一歩の石である。

トク　（立って）感謝いたします。あの娘は私を実務から一瞬たりとも引き離すことはありませんでした。私は最後の一文字まで任務を遂行する所存です。（ベルの音）誰だろう？（トケラモは眼

鏡をかけてドアのほうへ行く）

吉川　（小林に、不満をあらわして）私はあの娘らが何者か知らないがね。

小林　私は全部知っております。私の報告に書いてあります。

吉川　（冷たい高慢さで）それはいつ届くかね？

小林　（急いで敬意を表し）遅くとも今晩中には。

（ノックが聞こえ、トケラモがドアに近づく。トケラモは鍵をはずし、ドアを開ける。八人の日本人がしゃがんでいて、驚かすために「わあ！」と言って立ち上がるが、それは喜ばしい驚きといたずらだった。大きな歓喜の中でトケラモは彼らを中に入れる。八人の日本人は多様なタイプで、二十代から四十代である。ヨーロッパ人から離れたところにいるため皆陽気で子供っぽく喜んでいるが、吉川とトケラモには敬意を払っている。彼らの顔色も様々で、共通しているのは黒髪くらいである。何人かは眼鏡をかけ、両側の二人は祝祭に使う鯉のぼりを持っている）

トク　（同郷人たちを家へ招じ入れながら）おお、日本人全員が揃ったな！

（日本人ら入ってくる。温かい挨拶）

みんな、こう勢揃いしたのはどういうわけだ？

大前　今日は五月五日だ。トケラモ・ニトベの節句だ。

（鯉のぼりが窓につけられ、そよ風が吹き込んでたなびく。日本人たちは郷里を思い出して喜ぶ）

トク　もちろん、これは男の子の祝いだ——私はその日だと忘れていたが——子供らの祝いだよ！だからここに一人でも男の子がいたら皆でその子のために祝うところだ。

大前　一人いるんだよ、トケラモさん、本当の子供じゃなく、ほとんど大人だが、ちょうどニッポンからやってきたところだ。ヒロナリさん！

（ヒロナリ、様子のいい十八歳の青年が進み出、膝を曲げて座り同時に手をついてお辞儀する）

トク　（ヒロナリを立たせて）ここではそういうことはしないんだ。これより先よきことがあるように。

（会話の間、ヒロナリは日本の習慣に従って顔を背けている。もし彼が相手に顔を向けたとしたら、彼は指で口を押えて、息が相手にかからないようにするだろう。会話の間定期的に、彼は口からシュッという音をたてて相手への敬意を表す）

吉川　（トケラモがヒロナリを紹介するので）君たちの大切な若者だね。私も彼の親がわりになっていいだろうか？

（ヒロナリは息を呑んでうしろへ下がる）

ヒロナリ　ご配慮に感謝いたします。ミカド（皆が肖像画に向かい前と同じしぐさをする）の御前に私は呼ばれまして、トケラモさん、あなた宛ての手紙をお預かりしております。

トク　ミカドに拝謁したのですか？

ヒロナリ　大きな園遊会があり、ヨーロッパへ行く者が集められたのです。

トク　何か特殊な使命でも？

ヒロ　いえ、私にそれほどのものはなくて、ただ大学に在籍するだけです。（もう三度目か四度目にヒロナリは音を立てて息を吸う）

トク　ヨーロッパ人の前ではその儀礼はいらないな、彼らは理解しないから。どこに住むのです？

ヒロ　ほかの人たちと同じ、角を曲がったところのまかないつき下宿です。

トク　君らがかたまって住むのはよくないと前から言っているのだが。

大前　まるで故国にいるように楽しいのですよ。

トク　外国人と交わったほうがいいのだがなあ。そうでなければ外国語を習得できないだろう。

吉川　（辛辣に）来月初めからは皆ばらばらに住むようになる。

（皆その命令に服する）

トク　それからヒロナリさん、手落ちがあってはいけないよ、教会へもよく行くように。（外でベル）

ヒロ　教会へ？

トク　教義を学ぶためではなく、そこへ行けばいかにヨーロッパ人も静かにしていられるかを知ることができるから。

ヒロ 仰せに従います。

トク (ベルを鳴らし、ドアのカギをあけて) 友人たち、今日はよい祝祭日をもつことができたよ。(ジョルジュがノックする)

トク 中へ。

ジョルジュ ご主人さま、ベルを?

トク 皆にお茶を。

ジョルジュ 紳士がたがホールでお待ちです。

トク (名刺を手にして) ムッシュ・ルナール・ベインスキー、テオドル・デュポン教授。(トケラモは若い日本人のグループの中へ入り、彼のアナウンスによって彼らのおしゃべりが鎮まる) これは私たち皆が読んでいる本の著者だね。彼はちょっとバカげた、飾り立てた人のようだが、著書はよく調べてある。礼儀は尽さなければいけない。彼らをもてなさなければ。(日本人たちは西洋人向けに盛大な笑みを浮かべる。待っていたジョルジュに向かい) お二人にお茶を、われわれのは後回しで、あとブランディとリキュールのグラスを。(ドアをパッと開けて) ジェントルメン、どうぞ中へ! あなた方がお待ちとは知りませんでした。どうぞ、どうぞ中へ!

（デュポン教授が入ってくる。五十歳くらいの人物、大著の刊行を前にして自負と興奮でいっぱい。教授である以上、プレイボーイに見えたいと願っている）

デュポン　（両手をあげて）なんとすばらしい集まり！

トク　私の友人と同国人たちです。

デュポン　文筆家のムッシュ・ルナール・ベインスキーを紹介します。お入りください！……彼は今日本について書いています、それで私に紹介を頼んだのです、うむ？　お入りを、お入りを！

（教授の呼びかけに応じ、トケラモの笑顔に迎えられてベインスキーが姿を現す。彼は奇妙な服装の若々しい男で、本来の健康が飲酒と放蕩で荒らされていた。しかし彼は満面の笑顔で、それでいて表情にためらいが見えた）

トク　どうぞ、どうぞお入りください。皆歓迎しています。腰を下ろしてください。あとタバコはいかが――？

（デュポンにタバコを渡し、ベインスキーにも勧めるが彼は拒否し、少し離れて座る。どうもタバコの煙を嫌がっているようだ）

デュポン　ルナール・ベインスキー氏は文筆の才能があり、日本への関心も科学的というより文学的方面にあるようです、私と同じで。私も知りたいです、ドクター・トケラモ、私が書いた論文を見てくださいましたか？

トク 読みました。

デュポン もう？　注意深く？

トク 一語一語。

デュポン （褒めてくれるのを求めて）気に入りましたか？

トク すばらしいものです。（取り出してベインスキーの前に置き、ベインスキーが乱暴にひったくる）

デュポン （身だしなみをして）それは私には、日本の一部に見えます。草稿を返してもらえませんか？

トク 同意してくださるものと思い、私は草稿を友人の大前氏に渡しました。彼は法学士なので、きっと興味深くご論考を拝見するでしょう。

デュポン （少し狼狽して）しかし、紳士たち、この草稿に何かあったら――三十年の成果なのですよ。

大前 いやすばらしいものです。

皆 ええそうです！

デュポン もう全部読まれたのですか？

大前 一語ももらさず！

デュポン　そしてあなたは、これが好きですか？
大前　あまりに気に入ったので友人の医学士北村にも渡しました。
（北村が進み出る）
デュポン　（さらに困惑して）しかし紳士たち、私の草稿はまだ刊行されていないので、内密にしておいていただきたいのだが。
トク　あなたの秘密は守られますよ、教授。
皆　ええもちろん！
北村　それは私たち皆の心をとらえました。
デュポン　あなたもそれを読んだ？
北村　魅了されました！
デュポン　（虚栄心の満足が、次第に不安に変わっていく）嬉しい、とても嬉しい、あれは立派な仕事です。
皆　ええそうです。
デュポン　ではこれが私の名刺です。翌朝には草稿を返していただきたいです。
北村　ご懸念には及びません、私はあれには感銘を――
デュポン　（誇張されたいらだち）けっこう、でどなたが私の草稿をお持ちで？

北村　この紳士です。

ヤモシ　（進み出て）私が持っております。（ジョルジュ、お茶を持って進み出る）私もすべて読み、魅了されました。

デュポン　ならば明日の朝には間違いなく私の住所に届けてもらいたい。

ジャップたち　了解です。

デュポン　（ベインスキーに向かい、確認）記録してくれ。民族を構成するもの——この知識への貪欲さ。（日本人たちお辞儀をする）男にも女をもひきつける魅力……（こっそりと、という感じで、お茶を出したトケラモに）ところで私はこの部屋からヴェールをした女性が出てくるのに二度会ったが。彼女も日本に関心がある口かね？

ベインスキー　（あざけるように唇を曲げて）教授、その本の第二版にその女性のことを書くつもりなんだろう。

デュポン　（ひるんだ様子でベインスキーに）何を言おうとしているのか、分からないな。

ベインスキー　それならそれでいいよ。

デュポン　（神のようにあしらおうとして）自分の仕事をジョークに使われたくない。（デュポンは教室におけるようなしぐさで笑う日本人たちの集まりをさし）日本人は実に上質だよ！　決して劣ってはいない……

ベインスキー　ああ、教授、教授、お願いですから日本をひいきしないで！

トク　私たちは好意的な意見は歓迎します。

ベインスキー　いや、それを完全に信じることはできません！

デュポン　いや、本当に、本当に。

ベインスキー　われわれヨーロッパ人が、日本人を、出来のいい学校の生徒のように、肩をポンと叩いて、かわいらしく奇妙な小さなものだと思っていられるのも時間の問題です。彼ら紳士たちはつまらんおしゃべりに耐えている、ええ、われわれの間に立ち混じることに慣れている。だがあなたは（声を張り上げて）教授、この聡明な、観察眼の鋭い、愛国心の強い人々が、われわれ外国人の間に住んで、十人、二十人、三十人と増え、記憶し、記録し、計画し、微笑し、そして何も言わないその動機を考えたことがありますか？（デュポンに向かって叫ぶ。デュポンはあからさまに背を向けている）いったい彼らの最終目的は何か？

デュポン　（肩越しにベインスキーに軽蔑を示して）誰でもそれは知っている――文明への愛だ。

ベインスキー　いや違う。彼らは欲しい文明はすべて手に入れた。この十五年の間に彼らは御雇外国人の頭脳をすべて吸収した。そして感謝の印として空っぽの頭脳を国へ送り返した。ああそう、彼らは鋭い――猿のように鋭く、猫のようにしなやかだ。

デュポン　そうは言えない。……私はこの優秀な外国人たちにあなたを紹介したい……。

ベインスキー　だから彼らは聡明だと言っている。かつて見たこともないほどの役者だ。彼らを見ろ！　こうしてヨーロッパ人男一匹が、わめき、机をたたいているのにだ、ちっとも感じていない。魚のように黙っている。神のみぞ知るって態度だ。

トク　私たちはヨーロッパ人を高く評価していますす、サー。

ベインスキー　いやいや、高く評価ではない。（彼の怒りは潮の満ち引きのように増えたり減ったりするが、最後にはそれが完全に彼をとらえる）私について評価すべき点はないし、教授についてもない。また正直言って君らについてもない。君たちは小さな紙と木でできた家に住んでいて、鼻をかむと隣りの通りでも聞こえる。だから君らは完全な自己抑制をしなければならなかったのだ。もし私が黄色人種を崇拝するなら、シナこそそれに価する。彼らには絶対的な独自性がある。彼らはヨーロッパ人を軽蔑し、それを率直に口にする。彼らはわれら西洋人に猫のように喉を鳴らして寄ってきたりはしない。（日本人の間に怒りの兆候が表れる）

デュポン　これはひどい！　君はこれ以上言ってはいけない。

ベインスキー　人は自分の国のために死ぬことを知っている——その通り。だがそれは貧弱な仕事でしかない。人は生命を目の当たりに見ることはできない。だが野蛮人はその二つを同じようにやってのける。

トク　（静かに、微笑して、敬意さえ払って）ではあなたは自分の国を愛さないと？　ムッシュ・ルナール・ベインスキー。

ベインスキー　私の国だと！

トク　それならあなたは何を愛しますか？　神ですか？

ベインスキー　彼と私が話をする関係だったのは遠い昔のことだ。

トク　あなた自身を愛するのですか？

ベインスキー　私は自己を嫌悪している！　クズの役にも立たない。

トク　ああ、では……あなたが自分の国も、神も、自分自身も嫌悪しているのなら、どうしてあなたが日本人をよく思う理由がありましょう。（微笑が顔全体に広がり、それがほかの日本人にも波及する）

デュポン　ブラヴォー、ブラヴォー！

ベインスキー　私がどの民族を愛するか言おうか？（トケラモは微笑をもって、おお是非！）ロシヤ人だ！――お分かりか？――ロシヤ人だ！（日本人の抑制の中から、嫌な予感のつぶやきが漏れる）彼らの繊細さ、深い探求心、厳しい憂鬱さ――彼らこそ日本人に優っている。

（日本人たちはトケラモの周囲に集まるが、彼は彼らを鎮める。ベインスキーは挑発的な態度で彼らに向かう）

トケラモ　さらにです、私はあなた方の英雄心にも疑問を抱く。もしあなた方が真に勇敢なら、とっくに私を追い出しているはずだ。

ベインスキー　しかしなぜあなたはそんなにすぐに内心を明らかにしたのですか？

（ベインスキーはトケラモの顔の前で指を鳴らす。日本人の一人が、彼らのリーダーが殴られそうになっていると考え、飛び掛かって柔術でベインスキーの腕をとらえ、書き物机の上に投げ飛ばそうとする。トケラモは一瞬の間にその同胞を押え、ベインスキーは、動揺しない日本人の顔全体に広がった笑顔を目にする）

ベインスキー　そう、もう行く時間だ。

トク　いいえ、あなたの話は面白いので、もっといて、ラム酒と一緒のお茶を飲みましょう。

ベインスキー　（慌てて）ラム酒、それはいいが、お茶は遠慮する。

トク　ではブランディはいかが？（二つの杯を満たし片方をベインスキーに渡し、ベインスキーはおぼつかない手つきでそれをとる）。われわれの教師たるヨーロッパ人、そしてムッシュ・ルナール・ベインスキーに。

ベインスキー　あなたはユーモアがある。（ベインスキーはブランディを飲む。トケラモはブランディを飲むふりをしてグラスを掲げるが、巧みに見られないよう中身を茶碗にあける）

デュポン　ベインスキーさんがヨーロッパ人の心を代表するわけではありませんから、どうぞ……。

ベインスキー　あなたが代表しているんでしょう、教授？

（ベインスキーはまた飲む）

デュポン　私はあえて通訳したいのだが――

ベインスキー　おお、そう、君は通訳するだろうよ、だが誰も君の言うことは理解できないし、君の本も誰も理解できない。

デュポン　これらの紳士たちは私の本を読んだし、理解している。

日本人たち　すばらしい本だ！　ああそうだ。

ベインスキー　君の本なんかつるし首だ！

デュポン　私の本は学問的なまじめなものだ！

ベインスキー　バカバカしい！

デュポン　（傍白）君のふざけた印象派的な詩とは違ってね。

ベインスキー　（怒って）君――君――君――（彼らは立ってお互いに身振りをし叫び合う）

トク ああ、紳士たち、どうぞ——五千万のわれら哀れな日本人がいて、お互い意見を合致させようとしています。だがここで二人の優れたヨーロッパ人が、今にも——ああ、鼻の頭を——ああ、殴り合いでも始めそうです。（日本人たちはひそかに嬉しがっている）

ベインスキー （善良な本性を現して、弱点であるユーモアに気づき）いや、私は君たちが好きなんだ。君らはとても知的だ。

トク （お辞儀をして）あなたはとてもいい人です。

ベインスキー 今ちょっと私は、正気を失って、くだらないことをたくさん言ってしまった……（熱心に）私はわけがあってここへ来たのです。先ほど、婦人が一人ここへ訪ねて来たと教授が言いましたね、ヴェールをかぶった婦人が。

（トケラモが微笑する）

その方はどなたです？　その方の名前を聞きたいのです。

トク ディア・サー、あなたはそういう質問にどう答えます？

ベインスキー 私ならそっけなく拒否します。

トク ああ、私なら拒否はしません。言うべきことはありません。私はここに、やるべき仕事で頭を一杯にしてやってきたのです。

ベインスキー　（一瞬の間を置いて）あなたの言葉を信じます。たぶん、誰か別の方が――

トク　（顔全体に微笑を広げて）こういうことが得てして起こる。

ベインスキー　ああ！　なんだって、彼らが――（二人の日本人、一人は先ほどベインスキーを攻撃しようとした方だが、気の進まない様子で肩越しに彼を見る。ベインスキーは考えて）私は戻ってくる。確かに。今はいったん去る。

トク　私たちはいつでも歓迎しますよ。（ベインスキーは顔をゆがめ、とても信じられないという風をし、去っていく）

デュポン　（彼が去ったのを喜び、悔いを表して）紳士たち、私はあの狂人の振る舞いに対してどう謝っていいのか分からない。

トク　いやいや。気になさらないで。とてもいい方でしたよ。今日はちょっと、……混乱されたかな。

デュポン　いやまったくありえない。（トケラモはドアのところへ行き、デュポンのために開ける）失礼して、私はもう行きます。

（日本人たちはデュポンに敬意を表しながらドアまでついていく。デュポンがドアまで歩いていく時日本人たちは笑いそうになるが、トケラモがシッといって止める。数秒して、外でベインスキーとデュポンが言い争うのが聞こえる。外のドアが閉まる。日本人たちは発作のように笑う。一人二人が誇張して二人のフランス人のまねをする)

トク　なんとバカバカしい!

数人　バカどもです!　滑稽な連中!

ヤモシ　読みましたか——全部読みましたか?

北村　(ベインスキーの神経質な動きをまねて)ロシヤ人です——分かりますか?——ロシヤ人です!

皆　大馬鹿野郎だ!

トク　しかし考えてくれ、彼らはヨーロッパそのものではない。われわれの間にだってバカはいるだろう。ヨーロッパは偉大で強力だ。もしわれわれがヨーロッパに追いつき追い抜こうとするなら、励み、学び、努めなければならない。(テーブルの上に身をのりだす)

小林　彼は三十年かかってあの本を書いたというが、われわれは五日でその上澄みのいいところをとってしまった。

トク　あれはわれわれの成功の秘密だ。われわれは世界の知恵を学び結集したのだ。何世代もが塵となり、この見事な西洋文明のために多くの犠牲者が苦しんで死んでいった。だがその成果は見事なもので、われわれは十五年でそれらを自らの文明に取り入れた。

大前　われらの文明は若さ、そして強さだ。

吉川　アジアはわれらの伝統だ。われわれはアジア人のうちで真っ先に成熟した者たちだ。アジアは西洋の鎖につながれており、われらはそれを解き放たなければならない。第一歩は踏み出された。ロシヤはわれわれの前に縮みあがった。もしわれわれが防備を怠ればヨーロッパは足でわれらの首を押さえつけるだろう。だがわれらは武装し、無敵である。

トク　時折は私の中でニッポンが輝くことがある。外国や外国の都市にいて、私は最前線兵士のように感じる。征服が完了したら、それは私の知らないことかもしれないが、五百万の日本人、同胞らが、世界を征服するのだ。

ヒロナリ　進め、ニッポン！

皆　ニッポン、ニッポン！

トク　ダイ・ニッポン！

皆　ダイ・ニッポン！

（誇り高い、恐るべき見栄）

ヨトモ　（バカな少年が短い高笑いをする）ホホ、ホホ！

数名　シッ！　ヨトモ！　静かにしろ！　セスカネー！　セスカネー！（「静かに」）

トク　なぜ笑う？　ヨトモ。

ヨトモ　（おずおずと）いえ――単に笑ったのです。

小林　放っておけ。彼はわれわれの言うことをまるで理解できないのだ。

吉川　こんな男を仲間の中に入れておいていいのか？

トク　ああ、そうです。彼のせいで、日本人は無害だと外人に思わせられる。（ベルの音）シッ、黙って。（ノック）入って。（ジョルジュが入る）みんなにお茶を出して、お前は帰っていい。

ジョルジュ　承知いたしました。（去る）

トク　さてではわれらは日本へ行くか。（トケラモは部屋の後ろの薄暗いところへ行き、ミカドの肖像の上のあかりを点け、カーテンを開く。日本人たちはお辞儀をする）

一、二、三！　助けたまえ。すべてがどこにあるか知るがゆえに。

（日本人たちは叫びと笑い声をあげながらあちこちに散り、着物を着、蒲団を置き、提灯や行灯を出し、屏風を竹の間まで持っていき、明かりがつけられると部屋はまるで西洋風なところがなくなり、日本人たちは座布団の上に座り、屏風を立てまわし、お茶と煙草を用意する。彼らの態度や表情はゆったりとし、喜びに満ちていた。彼らは枷を脱ぎ捨てたのだ）

アモマキ　これはわれらの部屋だ。

トク　われらの服だ！
小林　われらの茶だ！
吉川　（ヒロナリに）うっとりしないか、わが息子よ。
ヒロナリ　すばらしいです！……日本にいるような……。
トク　（客たちに茶を注いで）祝日には時々この小さな遊びにふけります。
吉川　幟（のぼり）の節季にはおのおのの郷里の伝説を話すことになっている。ヒロナリさん、何かありますか？
ヒロナリ　最近では幟の節季にも若者は全然違う話をします。
数人　ぜひ聞こう。話してくれ、話してくれ。
ヒロナリ　（単純に）戦争が勃発した時、ある若者が軍隊に召集されました。数日前に彼は結婚したところで、恋愛結婚でした。数日しかない結婚生活でしたが、彼らは泣きもせず、微笑して別れました。けれどその後、兵士は新妻のことを思って苦しんだあまり、祖国や義務のことを忘れてしまい、そこである夜、彼は軍隊を抜け出して郷里に戻り妻を訪ねると妻はすやすや寝ていました。彼は妻にキスし、短刀の一撃で刺し殺しました、彼女が心変わりしないように。そして軍隊へ戻り、みごとな兵士として戦い、満洲で命を落としました。
吉川　それは誰なのだ？

ヒロナリ　（微笑して）私の兄です。（皆うーんとうなり、沈黙。皆煙草をふかす）

小林　何か別の美しい話を聞かせてくれないか？

トク　私でもいいですか？

日本人たち　どうぞ、どうぞ！

トク　ロシヤとの戦争で、ムクデン（奉天）の戦いの時、重傷を負った兵士が倒れていました。脇腹は裂け、両手は吹っ飛んでいました。軍医は炎の中から彼のところまではい出してきました。そして兵士に、あの世へ行く前に言い残したいことはないかと訊きました。兵士はにっこり笑って「私は手がないのでポケットに手を入れられません。だからサン医師、あなたの手を私のポケットに入れて二枚の銀貨をとりだしてくれませんか。」サン医師はそうして、袋から二枚の銀貨をとりだしました。兵士は「サン医師、どうかその銀貨をロシヤの赤十字に贈ってくれませんか！」と言いました。医師は自分の耳を疑い、兵士は錯乱状態でおかしなことを言っているのだと思いました。彼は兵士のほうへかがみこんで言いました。「もちろん、日本の赤十字のことだね？」「いえ、いえ」と兵士は言いました。「ロシヤの赤十字です。私たちは優秀な医者を十分に持っています。でもあちらには苦しんでいるロシヤ人がたくさんいます」そして彼は死にました。

（静寂。小林と吉川は低い声で話をする）

小林　君はその話が美しいと思うんだね、トケラモさん？

トク　美しいと思いました。

小林　君の優れた能力を考慮に入れても、私にはその話は何か受け入れがたいところがある。吉川男爵はどうですか？

吉川　私はその話はちっとも感心しない。あまりにヨーロッパ的だ。私たちはニッポンに敵対する者に同情はしないのだ。ニッポンのために死んだ兵士はそのために喜ぶべきだし、先祖たちについて、また皇祖皇宗のことを考えるべきだ。そう思わないかね、トケラモさん？

トク　（誠実さをもって）貴下のご意見には満腔の敬意を払います。

小林　（吉川にささやく）これはいけませんね。ヨーロッパ的な思想がトケラモさんを毒しています。私ら年長者がそれを押しとどめなければ。

吉川　（やはり小林にささやく）次に日本へ送る報告では、ヨーロッパ留学生はあまり長く滞在すべきでないと書くことにしよう。

トク　北村さん、私たちは琵琶を持っています。どうぞそれを弾いて、私たちの心を懐かしいニッポンへ戻してくれませんか？　今や日が暮れ、そちこちにあかりがついています。……ニッポン！

ニッポン！
（日本人の一人が、琵琶の調べに合わせてそっと日本の歌を歌う。皆が唱和する。誰も、ドアがそっと開いてエレーヌが立っていることに気づかない）

エレーヌ　（調子っぱずれの歌に驚いて）何をなさっているの？

トク　（飛び上がって）誰です？

エレーヌ　私ですよ、ディア・フレンド。お邪魔？　お忙しい？　でしたらいなくなりますけど。
（日本人たちは狼狽して立ち上がる）

トク　（電気のライトをつけて、エレーヌのところまで行き、静かに落ち着いて話す）さっきも言ったけれど今日は日本の仲間との会合があるんです。

エレーヌ　（口をとがらす）いいわ――お友達のほうが大切なようですから――いいわ。もし私のことを大切に思うなら、お友達と一緒にそこに座らせて、お茶を出してくれるはずよ。そしたらどんなにいいことか――それにこのお部屋、とても気持ちいい感じじゃない。いつもこんな風だったらいいのに！　お風呂のあたりだって、とてもいいわ！――絹物でとってもいいじゃない。どこでお買いになったの？　日本から直接送ってもらったの？
私にも取り寄せてちょうだいよ？　約束よ。あらあたしだったらそれ以外の服装なんか身につけないわ。とてもいい。（身ごなし）ヨーロッパの服を身につけるとあなた――こんなこと言っても気にしない？　ちびっちゃくて変な感じに見えるわ。カラーが後ろへ突き出したみたいに見えるわ。（くんくん匂いを嗅いで）あらいい匂い――お茶でしょう？　日本の本物のお茶よね！　私にもお茶碗をちょうだい。

トク　もうちょっと静かにしてくれないか、エレーヌ。まだここの紳士たちを君に紹介していないじゃないか、エレーヌ。

エレーヌ　あらバカバカしい――ナンセンス、だってその人たちはジャップ……

トク　ジャップなんて言っちゃいけないと言ったはずだ。

エレーヌ　じゃあ何て言えばいいのかしら。その人たちはあなたの友達、だから私の友達、でいいんじゃない？

（日本人たちは、まだいくらか戸惑っているが、少し気を許し、微笑し、お辞儀したりする）

（小林に向かい、エレーヌは自分の手袋をピチピチさせながら）あら、すてきな年配の日本人ですこと。私ボルドーに叔父がいるんですがその叔父に似てらっしゃるわ。日本では女性をどう扱うのか、教えてくださらない？　もし私がジャップだったら、どうなるわけ？

トク　エレーヌ！

エレーヌ （彼の注意を思い出して）日本人……

北村 （真剣に）マドモワゼル、日本の女性は世界最初の女性です。彼女は夫を支え管理し、お国のために生んだ子供たちの守り手となるのです。

エレーヌ プフ！　ありがとう。それは私の得意ではないわ。（背を向ける）

吉川 （ショックを受けてトケラモに）あの言葉を聞いたか？　君はあれでいいのか？

トク （手で寛大な風のしぐさをして）ああ、もちろん——

エレーヌ （ヨトモのところへ行き）あなたはいつも笑っているわね。そんなに楽しいの？

ヨトモ ほ、ほ！

エレーヌ （驚いて）なんてこと。

トク 驚かないでエレーヌ、彼は知的遅滞者なんだよ。君に害を与えたりはしないよ。だがこちらは、日本から着いたばかりで、知的なヒロナリさんだ。

（ヒロナリは自信に満ちた風情で進み出る。トケラモは彼をエレーヌに紹介するして、ヒロナリを残して引き下がるが、ヒロナリはエレーヌとの会話にひどく緊張している）

エレーヌ 日本からお着きになったばかりですのね？

ヒロ （少年のようにおずおずして）二日前です。

エレーヌ　おいくつ？

ヒロ　十八歳です。

エレーヌ　小さなジャップのゴリウォーグ〔イギリスのフローレンス・ケイト・アプトンが考案したキャラクター〕ね。あなたにはさぞこの大きなパリとその騒音が奇妙に聞こえるんでしょうねえ。慣れるまで大変だと思わない？

ヒロ　（動揺しつつも、日本を代表してしっかりせねばと）いえ決して。東京の騒音はもっとです。

エレーヌ　まさか。

ヒロ　いえそうなんです！　東京はパリと同じくらい大きいです。

エレーヌ　（本当に驚いて）本当？　変ねえ！　私日本って小さな建物と小さな庭があって、小さな人間がネズミみたいに走り回ってるんだとばかり。トケラモは日本は一つの大きな庭だって。

ヒロ　七十万の人間が住んでいるんです。

エレーヌ　本当！（突然トケラモについて好奇心が満足させられる機会が来たことに気づいて）教えて、あなたトケラモの家族について知っている？　彼には奥さんとか婚約者がいるの？

ヒロ　いません。

エレーヌ　でも彼にはたくさん恋愛の経験があるでしょう――言って！

ヒロ　私は何も知りません。トケラモは大変立派な人物で地位も高いです。彼の頭は政治学でいっぱいです。

エレーヌ あら嬉しいわ（彼の素朴さに引き付けられる）それであなたは？　あなたは恋愛の経験は？

ヒロ （動揺して）ありません！

エレーヌ （興味をそそられて）そんなはずないわ！　女性と何の関係もなかったって言うの？（彼にすり寄る）

ヒロ （目を伏せて）ないです。

エレーヌ （この話題が一番面白いと思い）なんだか女の子みたいね。小さな日本のおてんばさん。（彼のほうへ体を倒し、さらにすり寄って）小さい人、トケラモには今ここで話したことは内緒よ。約束よ！（脚をヒロナリにすりつけ、彼はすぐに脚を引っ込める）

ヒロ 分かりました。

エレーヌ （興奮して）ねえ小さい人、私たちこのあと、二人っきりで会いましょうよ。（ヒロナリの目の中に、後ろから誰か来るのを認め、話題を変える）日本では鉱物が豊かなんですってね。

ヒロ そうです。

トク （面白がって）エレーヌ、君は日本についていろんなことを知ったようだね。

エレーヌ ええ、あなたが話してくれないことをほかの人から掘り出すのです。私のお茶はどこ――私はお茶がほしい。

大前　（お茶碗を渡して）ここに、どうぞ。

ヒロ　（興奮して、トケラモにささやく）いったいこれはどういう女の人なんです？

トク　（疲れて）ヨーロッパの藝者みたいなものだと思えばいい。

ヒロ　え、あなたの藝者？

トク　ああ、そう、私のなじみだ。

ヒロ　あの方、少し前に私を誘惑したんですが、これは言っておかないと。

トク　まじめにとる必要はない。彼女の言うことを真に受けないように。

（エレーヌは、驚く日本人の間で遊び戯れ、腕をばたばたさせ、ケイクウォーク〔二十世紀初頭に流行した黒人のダンス。ドビュッシーの《子供の領分》（一九〇八）に「ゴリウォーグのケイクウォーク」という曲がある〕で踊り、二人の年長の日本人に流し目をくれる）

吉川　（低い声で小林に）なんと恐るべき女だ！　私の懸念は当っていたようだ。トケラモさんはあの女を諦めざるをえないだろう。

小林　そのように命令していただければ、私が何とかします。

吉川　策略は使ってもいいが、なるべく自然にな。

（日本人たちは和服を脱ぎ、退出し始める）

エレーヌ　もう行ってしまうの？　私のせい？

トク　ああ、もうちょっといてくれ！

日本人たち　家へ帰らないとならないので。

（日本人たちはお辞儀をして外へ出る。トケラモはお辞儀を返している）

エレーヌ　行ってしまうなんて残念だわ。この部屋にとても合っていたのに。お茶にも合っていたわ。何だか私が皆さんを追い出したみたい。私のこと、怒ってるでしょう？

（トケラモは否定するが、彼の顔の呆然としたさまは、決して喜んでいる風ではない）

ああそう、あなた……。どうぞ私をどなって、ゆすって、ぶってください！　ああ、だめよ、あなた、ダーリン！（トケラモの首ったたまにしがみつく。彼は静かに従っている）

トク　さて、それで私にどうしてほしいんだね？

エレーヌ　（説得するように）何も。私はあなたに愛を抱いてここへ来て、あなたは私に何が欲しいのか尋ねるのね。あなたがキモノを着るととてもハンサムだわ！　そしてあなたは外国の小さな女の子と一緒なの。私はあなたにとって外人なの？　いいえ、違うわ。私はあなたを愛して、そのために半分くらいはジャップ――日本人の女の子なのよ。そのうち完全なものになるわ。ちょっとだけ待っていてね。（帽子をとり、鏡の前に立つ）とても簡単よ――私の髪はけっこう日本風

——キモノはどこ？（キモノを着る）ほら！　さあ座りましょう。いえ、あなたがしたようにではないのよ。ほらあなたも来て、素敵な、まっすぐな髪の、やぶにらみの東洋人の、怒れる紳士！　来て！

トク　ちっとも怒ってはいないよ、エレーヌ。

エレーヌ　（腕を彼の体に回してキスをする）本当にありがとう！　一度だけでいいから心から私に話をして。ああ、炎をもって！　そんなに遠慮して、とじこもらないで！

トク　ああ、ああ、ああ。

エレーヌ　（彼の「ああ、ああ、ああ」をまねして）あの冷たい微笑——いつも、あの氷みたいな微笑。ああ、あれが嫌い！——やめて。あなたを愛している、愛しているわ。

トク　たぶん私は我慢強さが足りないんだろう。だが、今日はちょっと疲れた。

エレーヌ　（心から）ああ、あなたは疲れたのね、ダーリン。（あかりを消して彼の隣に座る）こっちへ来て、膝枕なさい。これお好き？　目を開いている、閉じなさい。テレーズは好き？

トク　どのテレーズ？

エレーヌ　あら、どのテレーズ？　知ってるじゃない。ここへ私と一緒に来たテレーズよ。

トク　ああそうか、あの子は好きだよ。

エレーヌ　(かっとして)あら、そうなの?(仰向けになっている彼を押し出す)女なら誰でもいいのね?

トク　どうか、エレーヌ。

エレーヌ　いいえ、私今日はいい子でいると言ったわ。あなた、疲れてるんですって? この日本人たちがあなたに何かたくさんさせているの? あなたはこの人たちの偉い人、トップなんじゃないの? みんな、コマネズミのように働くんじゃないの? あの人たち、おかしいわ。

トク　彼らは働きものだよ、エレーヌ。

エレーヌ　じゃああの人たちはなぜここへ来て、あなたたちは一体何を話しているの? あなたはそれを妻や母親に話すように私に話してくれるべきだわ。

(トケラモはさまざまな手段でエレーヌの気を逸らそうとするが、無駄に終わる)

でもあなたたちが縮こまっているのは——それはお国では家は木と紙でできていて、鼻をかめば隣の通りでも聞こえるからなんでしょう?

トク　どこでそんな話を聞いた?

エレーヌ　(むしろぎょっとして)あら、私本で読んだのです。どうかあらゆることを私に話して。

トク　いや……それはできない。

エレーヌ　私にならできるはずだわ。

トク　（目を閉じ、彼女の手や顔をつついて、お世辞で気を逸らせようとして）この柔らかな、えくぼのある小さな手は——君はまるで——

エレーヌ　あなたの手だってとても柔らかいわ……そして白くて……柔らかな青い静脈が……

トク　君の大きな暗い目と小さな温かい顔……胸のところに持っているのは——花？

エレーヌ　ええ、すみれよ。あなたのお国にはもっとかわいい花があるんでしょうね。

トク　ああ、あるよ。すべてがあそこでは違う——静かで違う……

エレーヌ　なぜやめるの？……話して、話して……キスして、静かに話して。

トク　（初めて、心の底からのように話す）何を話せばいいんだ？

エレーヌ　（息もつけない興奮で）全部、全部、私のいとしい人、私の……

（頭を彼の膝に乗せる）

あなたは東京の自分の部屋にいるの、そしてそばにいるのは日本娘の私。そして窓からは柔らかな風が吹き込むわ。花の香を漂わせて……そして薄明……そしてすべてがいい（この「すべてがいい」はエレーヌが最も愛する虚構へのカギである）

トク　そうだ、突然千個の小さなランプが一つ一つともり、そよ風が吹いて……桃の花と桜の花が見える——それらは分厚くて、踊るあかりの中でゆらゆら揺れる……女たちが人力車に乗って運ばれる、そして楽器の音楽がちりちりと流れる……

エレーヌ （座った姿勢で）ああ、とてもすてき！

（腕を彼の首に回す）

以前はそんなすてきに話してくれなかったわ。あなたご自身のことを今度は話して。ああ、とてもあなたが好き！　とても好きよ！――あなたに関する何でも好き。

トク （窓を指さす。その向こうから遠くの鉄道の音や、モーターの音が聞こえる）外のあの通りには、また千の都市の千の通りでは人々が追い越し追い抜きしている、そして自分のゴール目ざして急いでいる。全力を尽くして――それが国民を形作るのだ――一人の人間に目標があり、また一つの国民にもその目標がある……そして私とその国民――その目標は一つ……その実現を私は委ねられている。（表情が大きな誇りに満ちる）

エレーヌ そうね、ダーリン――あなたの任務を教えて。……さあ来て、話して。

トク （もう一度彼女の満たされない好奇心を受け流して）一年半の間、私は働いた……そして私は少し疲れた……休みが必要なんだ。

エレーヌ ええ、私の膝でお休みなさい。

トク いとしい人――いとしい人――そうだ、君の膝で。

（長いキス）

エレーヌ　初めてあなたは私のものになった、――本当に、全部私のもの。

トク　そうだ、そうだ、私は君の……

エレーヌ　私を愛して、絆で縛って、いとしい恋人！　私の腕に抱かれて、私の膝でいろんな嘘を言うといいわ！（勝ちほこって）あなたは私が支配したわ！

（トケラモは、唇をひきしめると、はっと我に返り、立ち上がって、散文的に額を叩くと、静かに言った――）

トク　ちょっとあかりがいるね。

（電灯をつけ、眼鏡をかけて、書き始める。エレーヌは、彼がとうとうすべての秘密を打ち明けると期待していたので、がっかりして、子供のような怒りを示した。トケラモは書き物机から一度か二度、目をあげた）

（幕）

第二幕

場面。第一幕と同じ。トケラモは金の眼鏡をかけて、危うく手に入れた計画書を、ランプのあかりで筆写している。風鈴がちりんちりん鳴る。ベルが鳴る。疲れた、しかしすばやい動きでトケラモは眼鏡をはずし、鉄筆をコートのポケットに入れ、計画書と写しを引き出しに入れ、鍵をかけ、ドアのところへ行ってガラス窓からのぞくと、同郷人二人を見つけてあからさまに驚く。

トク　（あたかもまったく無意識に喜んだかのようにお辞儀をし返されて）よき友よ、心から歓迎する。

小林　君の仕事の邪魔じゃないかと心配したんだがね。

トク　休息は時に仕事そのものよりも大事です。

吉川　それはヨーロッパ的な概念だね。

トク　どうぞ座って、一服してください。

（三人が物書き机の周囲に丸く座る。ぎごちない沈黙）

小林　（わざとらしく）トケラモさん、私たちはあなたの私生活に何か口をはさもうというんじゃないんですが。

トク　どうぞ。

小林　しかしいくつかの点から、私はあなたの当地での任務が外に漏れ、スパイされているのではないかと懸念しているのです。

トク　（何が言いたいのか分からず）どこから漏れているというのです？

小林　ううむ、例の、君をよく訪ねてくる令嬢だよ。

トク　（男爵が第一幕で示唆した通り、それを断固として退けて）いやいや、私を信じてください、それは間違いですよ。

小林　（謝りながらも確固として）失礼ながらトケラモさん、私たちはあの女性が、この部屋で日本を侮辱した人物と常々接触しているのを察知しているのです。

トク　ルナール・ベインスキー。いや、彼女はあの男には一度か二度しか会ったことはないと言っていました。

吉川　（冷たく鋭く）それはたぶん嘘だろう。

（トケラモは内心で動揺する）

小林　ルナール・ベインスキーは警察の手の者ではないかと私たちは恐れています。

トク　その疑いは根拠が薄い。

吉川　トケラモさん、心の底から話すのだが、われわれとヨーロッパ人の交際――それが男同士のものであれ、また女性とのものであればなおさら、――私たちを傷つける結果に終わるかもしれないのだ。なぜなら魂の気高さ、美徳の崇高さにおいて、われわれは彼らに優っているからだ。トケラモさん、ご同意願えるかな？

トク　そこまで言い切ることはできません。

吉川　それは残念だ。すべてにおいて彼らは私たちより劣っている。破壊兵器のことを除いたら、彼らから学べるものは何がある？　その破壊兵器にしてからが、彼らが真の武士道を知らず、内面の卑怯から作り出したものにすぎまい。そして今や彼らの破壊兵器をわれわれが彼らに向ける時が来たのだから、いったい彼らの優越はどこにある？　父子の情愛か？　家族の間で口論する以外に彼らにやることはないだろう。彼らは子供を野蛮人の手から守るために社会を作ったのだ。礼儀の点はどうか？　獲得することだけが動機の連中の礼儀とは何か？　あるいは奥床しさがあるか？　彼らは男女が手をとりあって往来を歩くことを恥とも思っていない。しかも公開の劇場で男女がお互いにいちゃつくさまを見せてすらいる。あの女たちときたら！　上流社会の女ですら私どもの下等な藝者と同じように化粧をして、あいつらの体のだらしのない線と丸っこいさまを見せびらかすような服で出歩くではないか。英雄思想については、彼らは理解すらしない。

トク　彼らにも偉大な英雄はいますよ。

吉川　私たちの英雄とは違う。われわれの崇高な切腹をすら彼らは滑稽だと思うのだ。しかも戦争の際に、敵の虜囚となるくらいなら自害するという崇高な精神をヨーロッパ人は理解しない。彼らの将軍は虜囚の辱めを受けても生き延びろと教えるのだ。このような連中がわれらの敵でありえようか。日本では女学校でさえ自決を教えるのだ！

トク　吉川男爵、熱をこめて語りすぎです。

吉川　（抑えているが盛り上がる怒りをもって）私は古代ニッポンの心をもって語っているのだ。こそこそした海賊によってばらばらにされた二本剣の英雄〔不詳〕を若いころに見た者としてな。――崇高な敵討ちもまた日本の美徳なのだ。西洋人に比べたら、私たちは今でも天から下った者の子孫だ――運命に直面した時は、死を恐れず、痛みをものともしない。ヨーロッパ人は、われわれが泥の中を引きずられるのを見たく思い、彼らは自分が国より大切、カネが名誉より大切、われわれの自分を犠牲にする武士道より、功利性を重んじる信念を持っている。彼らは私たちを滅ぼすことを考えている。

トク　（やんわりと非難をこめて）あなたは彼らがそれほど私たちに関心を持っていると思いますか？

吉川　君はいまわが民族の世界における位置を訊いているのだな。

トク　吉川男爵、あなたは私の言葉をねじ曲げています。

吉川　トケラモさん、いかにわれら民族の精神性が高くとも、髪の毛一筋でもその武士道からそれたなら、私らはニッポンの誇りを失い、西洋人の中の寄生虫のごときものに身を落とすのだ。私の職掌ゆえの激烈さをお許し願いたい。

（トケラモは、その最後の一節に特に刺激を受ける。思わず顔の表情が動き、組んだ腕の緊張がその内心の動揺を示している）

（ベルで立ち上がる）

トク　私にどういう道をたどれとおっしゃるのですか？

小林　（もの柔らかに）ああ、トケラモさん、私はたまたまルナール・ベインスキーに出くわして、今晩八時半に重要な件で話がしたいと言ったのです。ちょうど今その時刻です。もし彼との会話で、あの女性と彼とが特殊な関係にあると分かったら、そしてまた彼があなたの秘密の使命を知ったなら。ですが、あなたはきっと、わがニッポンの赤子（せきし）として活動するだろうと思ったのです。

トク　（静かに、至高の政府からの任務を理解していることを断言して）小林さん、分かりました。私もすべてを見通しているわけではありません。（ベルを鳴らす）私は自分でこのムッシュ・ルナール・ベインスキーを調べてみます。（ジョルジュがノックする）入れ（ジョルジュ入ってくる）（大声でジョルジュに）ブランディを出せ。（ささやき声でジョルジュに）令嬢が来たら裏の回廊から客室へ案内して、一人で待たせておけ、そしてお前は家へ帰れ。（また大声で）それとグラスを三つ。

小林　二分でこのヨーロッパ人たちの正体を見破ってやろう。（外のドアのベルが鳴る）彼が来た。彼が時間を守るかどうかは疑わしい。

トク　友よ、君には今すべてが疑わしいのだろう。（眼鏡をかける）

ジョルジュ　（宣言する）ムッシュ・ルナール・ベインスキー。

ベインスキー　（陽気にさわやかに、酒の気も帯びて入ってくる）こんばんは、皆さん。

トク　（満面の笑みで）こんばんは、ムッシュ・ルナール・ベインスキー。

ベイン　ムッシュ小林があなたの招待状をくれました。時間があっていればいいのですが。

トク　むしろあなたのお仕事の邪魔でなければいいがと思います。

ベイン　ああ！　私は衝動と気分で仕事を始めるのです、あまり多くはありませんが。もしここに来なければカフェ・オペラで文学についておしゃべりしていました。いつでもそんなことをしています。

トク　ムッシュ・ルナール・ベインスキー、あなたにちょっとした振る舞い、いえ、本当の振る舞いをする機会を逃したくはありません。

ベイン　すばらしい！　私は人がする本当の振る舞いがどんなものか見たいです。私はもうこの世に自分の興味をひくものがあまりないのですから！

トク　あなたは日本のものに関心をおもちでしょうが、それも文学の材料になるでしょう。私はほどなくパリを離れます。（トケラモは机から鍵をとりだす）その前に私が得た知識をあなたのお役に立てるようにしておきたいのです――書類などね。（彼は金庫を開けて、微笑の仮面の下に隠されたベインスキーの表情を盗み見る）

ベイン　おおまことに！　それらを私に……？

（ベインスキーは金庫へ急ぐ）

トク　どうぞご覧ください――丁寧に整理されております。（電灯をつける）あなたに有用なものをとりのけてください。

ベイン　（神経質に急いで中身をかき回す）ああ、こんなことをしては皆乱雑になってしまう！

トク　気になさらず！　気になさらず！

小林　（トケラモの脇で恐怖に震えて）しかしあの書類――あの統計――！

トク　重要なものは私の寝室の床の下にある。（トケラモは静かに、彼ら同国人の最終目的たるものはスパイからは隠されていると伝える）しかし彼の秘密の目的はこれで誤った方向へ導かれるだろう。もしそうなら、彼はまず私があけっぴろげであることに驚く。次に彼は自分自身の身の安全を考えるはずで、その点では少なくとも彼は危険人物ではない。だから安心して彼が何を見つけるか見ていよう。

ベイン　（本などを持ってきて机の上で広げる）ああ、なんて素敵な本！

トク　それは単なるスケッチのアルバムですよ。ここに統計のノートがありますが……

ベイン　統計――そんなものはデュポンに上げてください。いや、これらの絵――美しい――繊細で――独特で――

トク　いろんなタイプの日本人女性です。

ベイン　いいタイトルだ。好きだ。これらの絵を出版してもいいかね？　紹介文は私が書く。

トク もちろんです。私からの贈り物としてそのアルバムを差し上げます！（ベインスキーに差し出す）

ベイン 君はいいやつだ！　知り合いの出版者が喜ぶだろう。新しい本――これほど私を元気づけるものはない。刺激を受ける。煙草を喫ってもいいかな？

（外のドアでベルが鳴る）

トク どうぞ。

ベイン （盛大に煙を吹かしながら）あとのものは元へ戻しておこう！（そうする）

小林 （誰が来たか察して）誰かベルを鳴らしているよ！

トク （それは承知の上で）聞こえなかったな。

小林 （トケラモに騙されず）聞こえたよ。（ドアのほうへ行く）

トク 行かなくていいよ。空耳だよ。もし誰か来たらジョルジュが聞きつけるからね。（二人ともお互いの考えていることが分かるが、それはなおざりにされる）

吉川 （ベインスキーを入口のほうへ誘おうとして）ルナール・ベインスキー、ブランディを少しいかがかな？

ベイン ブランディ！　いいですね。（熱心にアルコールのほうへ行く）

吉川 （三つのグラスを満たして）新しい本の成功を祈って！

ベイン　いろんなタイプの日本人女性——に栄あれ！（飲む。続くシーンではベインスキーが無意識に酒を飲み干す間、後ろで吉川は次々とグラスを満たす）

小林　なぜ日本に関心を持たれるのか聞いてもよろしいかな？　何ゆえ貴殿の社会の名誉がわれわれに課せられたか？

ベイン　課せられた？

小林　何かおかしな言葉を使いましたか？

トク　そこは与えられたと言うべきでしょう。

ベイン　いや、いや、課せられたは私は好きだ。課せられたはいい。正直言って、それは異性の一種ですな。

小林　（注意深く）女性だと？

ベイン　ええ、ええ、ある種の女の子です。ヨーロッパでのみ見つかるような。あなたは当地で女性と関わったことはおありか？

小林　考えてください、私は日本人たちの父親の年齢で、若者ではない！

ベイン　彼女は大変深くあなたがたの一人に近づいています。バカげたことです。しかし今や解決された。私は彼女と結婚します。

小林 何と、あなたの関心を日本へ引き付けたその女性とあなたが結婚する！　それは興味深い。

ベイン しかも彼女が言うには、その友達があなた方とつきあいがあると言うんだ！　それで私はじりじりと嫉妬を感じたというわけさ。そのために私が最初にここへ来た時、バカなことを言った、というわけ。……だがそれが勘違いで、君らの一人と恋愛関係にあったのはその友達のほうで、私の彼女はその友達から日本のことをいろいろ聞いたというわけさ。その友達を通じて彼女はたくさん、日本語の手紙を持っていたとさ。

小林 日本語のどんな手紙です？

ベイン まあくだらない紙くずだよ。みんな火にくべて燃やしたよ。

小林 そうですか。するとわれわれのうちの一人があなたの彼女の友達と親密な仲だというわけですな。

ベイン テレーズ・ムーニエとな——彼女は知っているだろう？

トク いえ！（長椅子の下のアームチェアに座る）

ベイン 知り合いになってごらん——私が助言しよう。彼女は君らの仲間の一人と親しい。彼から引き離すのだ。

小林 だが私らの仲間にそんなドン・ファアンがいるとは信じられん！

トク　君、君は興味本位で……

ベイン　いや違う。私は女の話をするのが好きなのだ。それが地上で一番興味のあることだからね。

トク　そういえばあなたの新しい本も。

ベイン　ああ、本。あんなのは代用品にすぎない。美しい、生き生きした、繊細な、情熱的な、愛すべき若い女——生きる糧としてほかに何があるだろうか？　そして私の小さな女——一人の女がいるのだよ、ティチアンの髪をし、野性的で、ヒステリックで、神出鬼没で、悩ましく、素晴らしい、残酷で優しい——実に驚くべき女だよ、紳士諸君——最も崇高で、また最も堕落した女かもしれない。ヘレネにも比すべき！　トロイのヘレネかパリのヘレネか！　ああパリスのヘレネ（パリスはアレクサンドロス、ヘレネをさらったトロイの王子）。いい洒落じゃないか。

小林　あなたの未来の妻、ヘレネに乾杯！

（飲むふりをして、こっそり中身を花瓶に入れてしまう。彼らはそれぞれ目的を達する。トケラモは、ヘレネがベインスキーが自分の正体を欺くためのものだと知っている）

ベイン　ヘレネ、わが未来の妻！……なぜ皆黙っている？　ほら、トケラモ博士、ブランディがあるぞ。

トク　ありがとう、ムッシュー。（瓶を取り上げる）なんだ——空だ！

ベイン　（笑う。少し酔っている）全部私が飲んでしまったよ。

トク　もう一本あけよう。

ベイン　いや、いや！　私は十分酔った――ちょっと度を越えてね。何時だね？

トク　八時半です。

ベイン　では帰らないと！

トク　またここで会えますかな？

ベイン　ああ。本はすぐにできるだろう。すばらしい小さな本が、すばらしい小さな本ができるだろう。煙草をあと一本いいかな？（喫う）人生はそう捨てたものじゃないですな。おお、おお、何たる喜び！　ムッシュ、あの絵の本をありがとう。あなたは私に実によくしてくれました。（涙もろくなって）実によく……

（ヘレネ――エレーヌが待っている部屋のほうへ動く）

トク　（彼の向きを変えて）そっちじゃないです、出口はこっちです！

ベイン　実によくしてくれた。

（ベインスキーはぶつぶつ言いながら出ていく。「実によくしてくれた、実によく」ドアがパタンと閉まる音）

トク　（低い声で、真摯な調子で、頭を下げて）ありがとう。

小林　（柔らかく穏やかに）トケラモさん、終わりましたね。

トク　ええ、終わりました。家でわれわれの兄弟はせっせと働いているのに、その間に、わ、私は——……（頭を震わせ、堅く結んだ唇からは自分を責めるつぶやきが漏れる）

小林　（手をトケラモの肩に置いて）トケラモさん、小さなことです。いったん危険を察知したら、もう恐れることはありません。（エレーヌがいる方をちらりと見る）私たちはそれを行く手から退けました。

吉川　存外簡単にいったじゃないかね、ええ？

トク　簡単にいくべきものです。

小林　（温かく）同胞よ、祈りを！

トク　（完璧に真摯に）あなたに感謝です、昔からの友に。

（さらなるお辞儀の末、トケラモは一人取り残される。彼は少し考えて、ドアのほうへ行き、開いて、呼ぶ）

エレーヌ！

（エレーヌがすっと入ってくる。イブニングドレスに帽子、手袋をし、首には長いスカーフを巻いている）

エレーヌ　ああ、やっと出られたわ！　こんな時間にずっと閉じ込めたりして！　なんでなの？（ブランディの瓶をとりあげて、笑う）なんで何も言わないの？　ああ、あなたって恐ろしい人！　おぞけをふるうわ——ええ、おぞけよ。あなたがそんな風に……ああ、私の愛しい黒い髪の小さなダーリン。今日は一緒にいられるんでしょう？　嬉しくない？　ほら喜んでよ！（書き物机のところへ行き、帽子と手袋をはずす）

トク　（この後のことを考えてうち沈み動かない）ここにいてはいけない、エレーヌ！

エレーヌ　（動揺するが一瞬のこと）言いましたね。私はここにいます。だからほら！

（急いで手袋と帽子を脱ぐ）

トク　いてはいけない。もういっぺんつけなさい。

エレーヌ　（驚いて——なぜ、という風に彼を見て——ほとんど叫ぶように）どういう意味？

トク　去るのだ。そして二度とここへ戻ってきてはいけない。

エレーヌ　二度と再び？

トク　二度と再び！

エレーヌ　なぜ？（うろたえる。彼女のかすかな希望はたちまち打ち砕かれた。彼女はこの物静かな外国人が、彼女が彼をとらえるために張り巡らせた蜘蛛の糸を一瞬に破り捨てたのを感じる。彼女の未来は暗く

なり、苦しむ）

トク　君に荒い言葉をかけたくはない。最後まで君にはよくしてやりたい。だからもう会わないほうがいいと思う。

（トケラモは唇を噛んで黙っている）

エレーヌ　（気を取り直す。彼の柔らかな放棄声明が彼女に力を与える）これを見て！　私はあなたが汚い水みたいに放り出していい女じゃないのよ、分かる？　そんな風に私を捨てちゃいけないの。誰も――そんなこと。捨てられた犬みたいな扱いはダメ。

トク　君が言うようなことはしていないよ。もしお金がほしいなら上げる。

エレーヌ　（自信を取り戻して）その話はこの次までとっておきましょう。私があなたから去りたくなるまでね。でも今はあなたのお金は欲しくないわ。注意してね、あなた方日本人が全員追い出されるようなことのないように！

トク　ここから追い出される！（突然の激しい怒りにとらえられるが、すぐ反省し、怒りを抑える）

エレーヌ　（従順に、おとなしくなって）いいわ――私行くわ。あなたには仕事があるし、元気もないみたいだから――分かったわ。あなたの邪魔はしたくない。（間）明日か明後日あたり戻ってくるわ。（突然生き生きして、情熱的に）もしかしたら今夜にでも。（トケラモにキスしようとするが、彼は飛び下がる）それまでにはあなたの仕事も終わっているでしょうから。（間）さもなくば部屋の片隅で毛布をかぶってヤマネみたいになってあなたの仕事の終わるのを待つわ。見て、こんな風にうずくまれば小さな場所に入るでしょう――雀みたいに。おやすみのキスをして。

トク　（さらに優しく）いや、エレーヌ、それはダメだ。ここから出ていかないと。

エレーヌ　（混乱して歩き回る。心底から失望するが、言うことが一部芝居がかる）ああ、ああ！　私分かっていたわ。そうよ私知っていたわ。あなたは私を愛してない。それでいて全部私からとっていったんだわ。私はあなたのお金のためにあなたを愛したんじゃないのに。（再び不安になり）あなた自身が私は欲しかったのよ、その素敵な黒い髪、素敵な肌の色、日本のダーリン。（彼を抱こうと進み出るが、はねつける）私に怖くしないで、いい人。これ以上私をいじめないで、でないと泣いてしまうわ。私の考えはいつでもあなたのものだと分かっているくせに――いつも――あなただけ！

トク　（静かに彼女の頭が椅子の腕によりかかっているのを見つめて）なぜ嘘をつく？

エレーヌ　本当よ――誓ってもいいわ。

トク　それはありえない。お前は私を裏切った。私の書類を他人に渡しただろう。

エレーヌ　書類！……ごみくずみたいな古い手紙のこと――ちょっとしたいたずらよ。……そんなことで私の人生をめちゃめちゃにするの？

トク　お前は私をだましてもいる。（頭を振りながらきっと結んだ唇から叫び声）

エレーヌ　私があなたをだます――私が！（芝居がかって立ち上がる）

トク　そうだ。

エレーヌ　しかも一回以上！　そうよ、それよ！

トク　（ドアのほうへ行き）なぜ出ていかなければならないか分かったね。

エレーヌ　（見せかけの絶望で、彼の両腕をつかんで）それが私があなたを愛していない証拠になると？

トク　ならないとでも？

エレーヌ　あなたはまったく盲目なの？　あなたは私があなたから離れようとしたわけが分からないの？　私は気にしない、誰のことも。あなたが遅かれ早かれ私を無情に捨てるのは分かっていたわ。（行ったり来たりする）私ほどあなたを愛する人は二度と見つからないわよ。なのに私はあなたにとって二番目か三番目に重要でしかなかったのよ。私の前にはあなたの奇妙なたくらみが何度も来て……。

トク　お前がそれらを理解しなかったのだ。

エレーヌ　（激しく）狂気！　ひどい狂気ですわ！

トク　（自信をもって深く息を吸い）わが人生の目標だ！

エレーヌ　あなたの人生を滅ぼし——私の人生も滅ぼすものだわ。人生の目標！　そのために若い命を燃やし、私の人生もダメにするんだわ。あなたは聡明な人です、考えて、自分が投げ捨てたものが何であるかを。なぜ、ベインスキーが私と結婚したがったか——今でも恋焦がれていますわ——ただ私そのものを——過去もすべても。あなたは、なぜだと思う、一人の男が女に与えられる最大の名誉——なのに私はいつでもあなたのもとへ帰ってきたのはなぜだとお思い？　それを考えたことはある？（膝をつく）私はあなたの召使になります——あなたの命令に従い、愚痴を言わない召使に。そしてたぶん私はあなたを救うことができます。私をそばに置いてちょうだい——捨てないで——（トケラモの手にキスする）——放り出さないで——（トケラモは彼女の動揺し涙に濡れた顔を凝視する。突然、彼の内心の同胞愛に反するものが訴えかけてくる）

トク　（彼女の腕をゆるめようとして）だめ、だめ、だめだよ……行ってくれ、……だめだって……お前は私をだましたんだ！

エレーヌ　いいえ！……そうではないです……それは嘘！

トク　彼は自分でそう言ったんだ。

エレーヌ　（飛び上がって）それならあの人は嘘つきです！　それは私をあなたから遠ざけるために言った

んです……

トク　君は今自分で認めたじゃないか！

エレーヌ　私が！　私が何を言ってるか私にも分かりません！　私はそれは嘘だと言ったんです。（エレーヌはトケラモの腕をとる）ただ一つのことだけが真実です——私があなたを愛していることです！

（トケラモは疑わしげに、混乱して彼女を見る）

トケラモ、この瞬間に私たちの運命は決まるのよ。もしあなたが私を信じないなら、いっぺんだけ私は心の底から私の本心を言います——それであなたが信じないなら、あなたは私を永遠に失うのよ——永遠に！（息をつめて彼を見つめる）

（間）

トク　（夢の中にいるように話す）私は——お前を信じたい。（強い努力で本来の自分を取り戻す）しかし、できない。——してはいけない——それは私を破滅させる！

エレーヌ　（強くなだめるように、椅子にかけてトケラモを自分の膝にもたせかけ）ああ、なんてあなたは苦しんでいるの、あなたの美しく幸福な平和はどこに？——あなたの明晰で、聡明な、理知的な頭脳は？　私の膝でお休みなさい。

（彼女は彼をソファに引き寄せ、子供にするように頭をなでる。彼女は勝利を確信している。今や力強い女であり――効果を知る女優であり、観察者である）

トク　（相争う思考で混乱し歪んだ顔をあげて）それは私の破滅だ、エレーヌ。私は君を捨てられない――君を捨てられない。いまや君は何ものより大事だ、エレーヌ……おしまいだ……私はおしまいだ……ニッポン、ニッポン……

エレーヌ　（笑う）それでまた苦しんでいるのね！　そしてまた私を捨てるんだわ！　あなた――あなた――あなた！（飛び上がる）私を蹴りだすんだわ――蹴りだす――！

（トケラモは彼女の手首を握るが、彼女は振り払う）

トク　エレーヌ！

エレーヌ　私を追い出して、子犬みたいに放り出して！

トク　（懇願する）エレーヌ！

エレーヌ　泣き声を出さないで！（彼女の怒りの中に短いなだめが入り、からかいに変わる）見て！　あの騒ぎはどうしたの！　私はあなたに優しくできるわ、あなたが柔らかに頼んで、よく振る舞ってくれれば。

トク　（困惑して）エレーヌ、どうしたんだ？　僕をからかわないでくれ、今はやめてくれ、君は僕を愛しているのか？

エレーヌ　（笑いを爆発させて）いいえ！

トク　でもそれなら――それなら――これは一体何なんだ？

エレーヌ　（笑う）からかってるのよ！

トク　からかう？……からかう……（手を頭の上にやり――すべてがひどいジョークに見えてきて彼女に向かっていく――自分の腕に彼女を熱情的にとらえようとする）エレーヌ――エレーヌ！

エレーヌ　（彼を押しのけて）放っといて！

トク　（まだ希望を持って）エレーヌ！

エレーヌ　私を放っといて――聞こえてる？

トク　なら一体――君は何がしたいんだ？

エレーヌ　何も――あなたのせいで頭がおかしくなる！　あなたは私をぞっとさせるわ、バカ！　分かった？　あなたにはうんざりだわ！

トク　でもなんで？

エレーヌ　あなたが汚いからよ。（トケマロは恐ろしいうなり声をあげる）鏡を見てごらんなさい――知りたいなら。

トク　(情熱をもって) 君は……。

エレーヌ　黙って――とかげ！　吠えないで！　シッ！　シッ！　静かに、静かに！　小さい犬、にやにやしてなさい！　全部静かに聞くの。あなたはどうせ私を追い出すのよ！　あなた！　ちょっと大きくなったらそうするわ。

トク　(パッとドアを開けて) さあ――行け！

エレーヌ　行くわ――私の意思で。そうしたいから。あなたを捨てるから。あなたを好きじゃないの。(トケラモのほうへ行く) あなたは弱い、一匹の悪党よ！　ほかの連中と同じにね。でも私はあなたが好きじゃない。決して――決してあなたの呪いは気にしない。(トケラモの顔の前で指をパチンとやる) じゃあなぜ私がこんなことをしたかって？　お金のせいよ！　でも私はここを出て結婚するの。(ヒステリックに) 私があなたを捨てるんだわ！ (マフと帽子を投げ捨てる。手袋だけはつけている)

トク　(声の調子を張り上げて) 出ていけ――行け――行け！

エレーヌ　黙って、小さな猿！

トク　行け！

エレーヌ　けだもの！

トク　行け！

エレーヌ　おぞましい！（ヒステリックな笑い）は！――とうとう目が覚めたのね――私があなたを覚醒させたのよ、けだもの――

トク　やめろ！

エレーヌ　（花火を焚火に放り込む子供のように）おぞましい――

トク　やめろ！

エレーヌ　とかげ―猿！

（トケラモは完全に我を忘れ、頭を左右に振り、両肩が震える。エレーヌは彼に対して、眼をかっと見開いて罵り続ける、口には微笑を浮かべ、鼻孔はひくひくする。彼女は彼を拷問にかけて苦しめてやりたくてならない）

トク　（もはや人間の声ではなくなり）やめろ！　黙れ！　黙れ！

エレーヌ　あんたは猿―小さい猿！

トク　（あえいで）黙れ！

エレーヌ　ぷふ！　汚い！　自分の顔を見てごらん！　見てごらん！（目を見開き、指で日本人の顔まねをする）

トク　（あえいで）お前！

（激情にかられ、エレーヌは丸めた手袋をミカドの肖像に投げつける。これでトケラモの怒りは爆発する。彼は彼女のほうへ近づき、両手をあげて首を絞めようとする。手は震え、指は堅い爪となる。エレーヌは恐怖し、恐ろしい目で彼を見て、話そうとする。彼女の唇から言葉が消える。恐るべき恐怖が彼女の顔をよぎる。彼女はずるずるとアルコーブのほうへ行く）

エレーヌ　だ、だ、だめ……私……私……あなたを……愛して……

（彼女は寝室のほうへ逃げる。トケラモは彼女の上に乗り、彼女を振り回し、手を交差させて彼女のスカーフをとり、一突きを加える。くるぶしを彼女の首の脇に回し、彼女を絞め殺す。二人は寝室のカーテンの蔭に消える）

（間）

（トケラモが再び現れる。ゆっくりと、彼の怒りは静まる。風鈴の音によって我に返る。彼はあわただしく窓へ寄り、ブラインドを下ろす。……呆然として立つ。……彼は電話を思い出す。すぐに同国人を集めなければならないと考える）

トク　もしもし交換台？　—南区三八二七を頼む——ありがとう。マレシャル・ボーディング・ハウス？……トケラモです……トケラモ博士。吉川男爵はご在宅で？……ええ、お願いします。

……ありがとう！……（彼の視線はエレーヌの帽子とマフに落ちる。それらを自分の体から離す）吉川男爵？……ええ、トケラモです！　皆さんお宅におられますか？　ええ！……全員ですぐ私のところへ来てください。いえ、重要なことじゃないのです。ただ全員にすぐ会わなけりゃならないんです——間違いなく。相乗り馬車で来てください。ええ、すぐに。

（受話器を置き、後ろへもたれる。それからカーテンのほうへ行く。ベルが鳴る、トケラモは立って動かない。再びベル）

ベイン　（ドアの外から）トケラモ、トケラモ！　私だ、ベインスキーだ！……（ドアのとってをがちゃがちゃやる）私の本を忘れていったんだ。（ドアを蹴り、押す）いないのか？（ドアを蹴る音がさらに聞こえる）ちくしょう、いないようだ！

（ベインスキーが去っていく音。トケラモはテーブルの脇に座り——時計を取り出す。馬車が着く音がする。トケラモは同国人の到着にほっとした鋭い声をあげる。髪をなでつけ、服を整える。外のドアを開けるため部屋から出る。ホールで日本語のがやがやいうのが聞こえる。突然静かになる。日本人が皆入ってくるが、皆当惑している。トケラモは彼らのあとから入ってドアに鍵をかける。日本人たちは部屋の真ん中にかたまって、何があるのか静かに待つ）

吉川　われわれは全員集まった、トケラモさん、あなたの呼びかけに応じて。

トク　ありがとう友人たちよ、実はある事件が突如起こった。……君らにそれを知っておいてほしい――君たち全員に！　私はこれ以上自分の使命を果たすことができない。だから君たちに委ねる。

（彼は黙る。感情が迫ってそれ以上話せない。日本人たちは話を聞くべく、黙って真剣に立っている）

吉川　何か病気にでも？

トク　いえそうではありません、――少し辛抱して聞いてください。……（短い間、彼は自制心を取り戻す。）私もどうしてそれが起ったのか分からないのです。私は自分を抑えることができなかった。君らもあの女性が時折私を訪ねていたことは知っているでしょう。今日も彼女はやってきました。小林さんはそれに先立つ一件はご存知ですね。

吉川　私もそれは知っている。それで？

トク　彼女があまりひどく私を罵るので、私は理性を失って――彼女の上に馬乗りになって――そして――

小林　彼女を追い出した？

トク　いや。

吉川　殺した？

トク　そう……

吉川　死体はどこです？

トク　（曖昧な身振りで）あそこに！

（日本人の間に動揺）

吉川　（静かにするよう身振り）北村博士！（北村と大前が進み出る）死体を調べてくれ！　動かないで！
（他の者に）（北村と大前がアルコーヴのところへ行く）とにかくわれらは落ち着かねばならない。
トケラモさん、あなたも落ち着いて。

大前　（進み出て）絞殺です――即死しています。一締めで絶命しました！

吉川　そう！　慎重に考えなければならない。

トク　やって――しまった！

吉川　しっ！　落ち着いて。死体は処理しなければならない！

小林　死体が見つからないようにしないと。私は消えなければ。

吉川　いや！――彼女の捜索がなされるだろう。いずれトケラモさんが疑われ、逮捕されるだろう。
ダメだ！

大前　しかしトケラモさんは、今晩――すぐにも――ニッポンへ向けて出発するのでは？

日本人たち そうだ、そうだ。

トク 私はニッポンには戻れない。私にはここですべき仕事があり、それを完遂していない。牢獄に行くか——死んだほうがましだ!

日本人たち (柔らかく)そうだ、そうだ、彼は正しい。

吉川 静かにしてくれ。トケラモさんはまったく正しい! 何か別の方法を探さなければならない!

トク 私自身はどうなってもいい。

吉川 いや、そういう事態は避けなければならない。君には重大な使命がある。君は乱されずにその仕事をしなければならない。君はこのジレンマから解放されなければならない。そのためにわれわれはここにいるのだ。大前さんと君、ヤモシさんは弁護士だ——われわれに助言してほしい。どうやってトケラモさんを守ればいいか、考えてほしい。われわれの未来は君らにかかっている。

小林 正面のドアは鍵がかかっているか?

トク はい、掛けました。

小林 裏手のドアは閉まっているか?

トク はい、そう思います。(一人が確認しに行き、すぐ戻ってくる)

大前　（トケラモに）事件が起きた時ほかに誰か？

トク　いや、誰もいませんでした。

大前　あなたの召使はいましたか？

トク　いや、彼も帰宅していました。

小林　（離れて吉川に）どうもまずい処置をしているようだ。

吉川　（離れて小林に）いや、それはない！

小林　そうだ――私が彼女を殺すべきだった。

吉川　そうだ――そのほうが良かった。（間。それから熱心に）そうだ、解決策を思いついた。誰かトケラモさんの代わりとなって、彼の仕事の継続を救うのだ。誰か志願者はいないか？

日本人たち　（それぞれが、口々に）私が……私が……。

吉川　私たちは誰でもその任に当るぞ！

トク　ダメだ――そんなことは認められない！

吉川　（驚いて）トケラモさん、では似たような環境で別様に振る舞うことはできませんか？　もはや事態はあなた一身のことではなくなっているのです。すべてをわれわれに任せてください。では骰子を振って決めましょう。

（吉川、小林と大前が、戦争の際に将軍たちが座るように書き物机の周りに座る。残りは彼らの周囲に一団となって立つ。トケラモ一人離れてソファに座る）

全ての日本人 よし、よし。骰子を振ろう。

アママリ （前へ進み出、お辞儀して）失礼します、吉川男爵。私はそれは不要だと存じます。私は工学者で、私の友人の三宅さんもそうです。彼は非常な熟練者です。この先、一人の優れた工学者がいれば日本にとってたります。ですから私が、その任に当らせていただきたく思います。それは非常な喜びです。

全ての日本人 いや、私に——私に。

三宅 いや——私に——私にやらせて——ぜひ！

吉川 静かに！ よく考えてみねばならん。

小林 吉川男爵、考えてください、ここにいるのは皆若い日本人です。彼らがニッポンのために奮励努力しているのは偉大なことです。私は老いた。すでに先は長くない。私にやらせてください。

吉川 あなたは正しい、小林さん——私たちはここで二人の老人だ——だが私のほうが年上です——私が……。

日本人たち いや、あなたではない、あなたではない……

吉川　静かに――皆静かに！

大前　このようなことを引き受けるのは……

吉川　大前さんの言うことを聞いて！

大前　……若い人で、法律に通じていたほうがいい。弁護士である私が最も適任だ。私にやらせてほしい。

日本人たち　骰子を振ろう――骰子を！

吉川　（ヒロナリが吉川のところへ行く）何だね、息子よ？

ヒロナリ　（はじめはおずおずと話すが次第に声の調子が上がり、ついには懇願となる）友人たち、同胞たち（頭を下げる）一言言わせてください。あなた方はそれぞれ自分の仕事があり、また家に帰れば奥さんや子供さんがおられる。私はここへ、時間つぶしに来ています。ここですべき仕事は特にありません。ええ、だからあなた方の中にいると私は恥ずかしく感じるのです。そしてあなた方に何かで奉仕し、それによってニッポンのためになりたいという熱情に燃えています。私は、おお、こういう機会をこそ待っていたのです。十二歳の時、私は戦争に行きたいと思いましたが、禁じられました。だが今や私は成長し、しかるべき仕事ができる大人です。もしこの仕事をやらせてもらえたら私にはこの上ない幸せです。この仕事がしたい若者からその機会を奪わ

ないでください。――いや、私にやらせてくれるべきなのです。（土下座をする）

トク　（日本人の集団から少し離れ、考えに耽って立っていたが、ヒロナリの生き生きした宣言で我に返る。彼はヒロナリのところへ行き、立たせて）すばらしい青年、いや、君にやらせるわけにはいかん。君の花の若さよ……

ヒロナリ　トケラモさん、あなたを救うためです。そしてニッポンをも。

トク　いや、君はいかん。こんな若者に……

吉川　（驚いて反論する）トケラモさん――あなたの言うことが理解できない。われわれはこの青年のうちのヒロイズムに喜びを感じる。（ヒロナリに）息子よ、この任務はお前に委ねよう。（トケラモは彼の民族の倫理の前に黙って引き下がる）

ヒロナリ　（嬉しげに）ありがとう――ありがとうございます。さて私が何をすればいいのか話してください。

大前　数分で私たちとトケラモさんは後ろのドアから外へ出て、君一人が残ります。そこに電話があるから、君はそれで警察を呼んでください。警察が来たらあなたは身柄を預けるのです。あなたが話すべきは、トケラモさんのアパートへ来たら……。

吉川　しっ！　声が大きい！

大前　……彼の姿が見えず……皆注意して、すべてをこの筋書きにあわせるのだ。（大前は部屋の片隅にいて、彼の周囲に集まった日本人たちに指示を与える。トケラモ一人離れて立っており、暗鬱に彼の前に口を開けている）

吉川　（トケラモのところへ行き、手を彼の肩に載せる。トケラモははっとする）わが友よ――君は自分の仕事を進めなさい。われわれがすべてを片付ける。彼女のことは忘れなさい、心の底から、あれは毒虫だ！（日本人の集団に入り、ヒロナリの肩に励ますように手を載せる）

トク　（堅い表情をして離れて立ち、眼からは涙があふれて頬をつたう。口が開いて鳴き声をあげ、唇が震える）……エレーヌ、エレーヌ！

（幕）

第三幕

（幕が再び上がり、ヒロナリが町の巡査部長にとらえられて立っているのが見える。もう一人の警官がドアを開けている。警察が寝室を調べている）

場面。部屋は検事局によって取り調べられている。窓はきれいな緑のカーテン、床には長机の下に緑のカーペット、もう片方には検事の椅子がある。ほかいくつかの椅子がテーブルの周辺に。二つの小さな椅子が、一つは守衛用、一つは検事用にある。検事は証拠品を机に並べている。守衛の机には、第二幕でエレーヌが身につけていた帽子、マフ、手袋がある。背後のドアは、証人たちが控えている部屋に通じている。右手と左手には、囚人のための部屋に通じる小さなドアがあり、もう一つは検事局の別の部屋に通じている。壁には時計がかかっている。

（ブノワは捜査判事で、腕にカバンを抱え、帽子に軽いオーバーコートで入ってくる。彼は肥満した中年の男で、ばたばたと音を立てて動き回る。自己評価の高い男で、ちょっとしたジョークを言うのが好きで、それを自分で先立って笑ってしまう。てきぱきした、フランス人らしい動きをし、かなりの明快さを持っている）

ブノワ　（部屋から出てきて、中へ声をかける）もし何かあったら、遠慮なく声をかけてくれ。少しも邪魔にはならないから。

（ドアを閉める。守衛がオーバーコートを脱ぐ手伝いをし、帽子をとって守衛が壁にかける）

職員　（ブノワが入ってくると立ち上がる）こんにちは、判事どの。

ブノワ　こんにちは、シモン、こんにちは。ちょっと遅れた。隣の部屋で私の新しい同僚がこんぐらかったトリックを捜査している――素人同然だがね。シモン、捜査判事としては、幅広くいろいろと知っておかなければならない。（楽に座って）さてわれわれの日本人の謎だ。

職員　（書類を整えて）別に謎はないと思いますが。

ブノワ　（ケースから葉巻を取り出して火をつける）表面上はそうだが、下には謎が潜んでいる、これからそれに取り組むのだよ。

職員　ここに証人のリストがあります。

ブノワ　（葉巻を吹かして）ほぼ全部日本人で、皆証言を申し出ている。実に親切な民族だ。

職員　容疑者は弁護士と相談しています。

ブノワ　ああ、やっと弁護士を選んだのだね？

職員　ここに彼の名刺があります。

ブノワ　（読む）法学博士、ヤモシ。

職員　ここに日本公使館からの手紙で、通訳の男を推薦してきています。いま彼は証人控室にいます。

ブノワ　すばらしい、すばらしい（守衛に）法学博士と通訳を呼び入れてくれ。

（二人の男が入ってくる。いずれも観客にはおなじみで、通訳は小林である）

（名刺を見ながら椅子から立ち上がる）ヤモシ博士。容疑者ヒロナリ氏が代理人弁護士を選んだことは喜ばしい。（ヤモシと握手しながら、興味をもって彼を見る）私らにできる最良のことは法廷の正義がその不公正を上回るようにすることだ。（少し皮肉な微笑を示す）ではそこにかけて、お互いがよく見えるように。（職員がヤモシに椅子を渡す）私はこれから容疑者の尋問を再開します。容疑者を連れてきてください。

（守衛がそうする。ブノワはヤモシに向かい、葉巻をすすめる）

ムッシュ、あなたは容疑者の自白を本当だと思いますかな？（葉巻の灰が落ちる）

ヤモシ　いや、それはもちろん。

ブノワ　本当だと思いますか？

ヤモシ　もちろんですとも、判事さんは、そうではないと？

（囚人が、二人の共和国親衛隊員によって連れてこられる）

ブノワ　はい、疑いなく。

ヤモシ　（ブノワのほうへ身を傾けて）私の弁護の方針は、彼は暴力的衝動が強く、頭はあまりよくないという点にあります。

ブノワ　（ヒロナリを見て）昨日は彼は私にはそんな風には見えなかったね。こちらへ連れてきて。（ヒロナリが連れてこられる。ブノワは職員のテーブルのほうへ移動する）通訳君、ここへ座ってくれ。（小林が座る）（職員に口述する）十四……いや十五日、六月、一九一二年。私捜査判事ブノワの前において、

ヒロナリ　イノセの尋問を再開する。容疑は同年四月十二日のエレーヌ・ラロシュ殺し。（ブノワは肘掛椅子に戻る）さて、昨日の自白の通りで間違いないかね？

ヒロ　（断固として）はい。

ブノワ　つけ加えたいことや撤回したいことはないかね？

ヒロ　いいえ、ありません。

ブノワ　君の証言では君はエローヌ・ラロシュに迎え入れられて、トケラモ博士の帰りを待っていた——君は後ろのドアを殺人および警察の逮捕にいたるまで閉めなかったと言っているが、それでいいかね？

ヒロ　はい。

ブノワ　（なめらかに、微笑をもって両方の眉をあげ、前かがみになって）では君は、警察から来た者たちによるとドアは閉まり南京錠がかけてあったと言ったら驚くかね？　二人が裏手のドアから入り、前のドアを開けて残り三人を入れた。どう説明するね。

（間）

ヒロ　大変興奮していました。詳しくは覚えていません。

ブノワ　よろしい。そして君がエレーヌ・ラロシュを入れた瞬間から争いが始まり、それから激しい嫉妬のために彼女を殺すまで一、二分しかかかっていないが、これもその通りだね？

ヒロ　（ためらってから）そうです。

ブノワ　では彼女の帽子とマフがテーブルの上で見つかり、きれいに巻かれた手袋が暖炉の前にあったのも説明してほしいね。その激しい争いの間に、彼女は帽子とマフと手袋を脱いで、手袋をきれいに巻いて放り出した、と――？（質問を打ち切って）彼女はそうしたと？

ヒロ　いえ、彼女ではありません。

ブノワ　ということは、殺したあとで君がそれらを彼女の体からとったと。――（穏やかな自己満足でヤモシのほうを向き）――それは私には非論理的な、ほとんどありえない行動に思える。

ヤモシ　容疑者はよくわかっていないのでは？　日本語で話してもいいでしょうか。

ブノワ　どうぞどうぞ、通訳どの！

（小林は日本語でヒロナリに話し、ヒロナリが答える。その間ブノワは職員のほうを向き、話す）

分かりましたか？

小林　彼の考えでは、帽子は争っている間に落ちたのだろうと。彼はその物音を聞いたけれども何が起きているのかは分からなかったと。（ヒロナリは、小林の教えに従って、少し頭の足りないふりをする）

ブノワ　どうも彼は昨日はやたら冷静だったように見える。彼の精神状態は防衛機制によって変化するのかな。この容疑者を連れていってくれ。彼の尋問の結論は後で出す。

ヒロ　（連れていかれながら）私は有罪です。罰してください。

（ブノワは手を振る。ヒロナリ消える）

ヤモシ　容疑者と相談してもいいでしょうか。
ブノワ　構わんよ。
（ヤモシは容疑者を追って外へ）
トケラモ博士を呼んでくれ。
（守衛がそうする。ブノワは葉巻を吹かしながら椅子にもたれる。職員に）
何か私がまだ調査していないことがある。……何かが変だ。
（トケラモ博士が入ってくる）
トク　どうぞ掛けて。あなたの姓名、年齢、宗教、職業は？
ブノワ　トケラモ――ニトベ――三十二歳――仏教徒です。
仕事は？
トク　言語学者です。
ブノワ　真実のみを述べ真実以外を言わないことを誓います。「誓います」と言ってくれ。
トク　誓います。
ブノワ　君は容疑者とはいかなる関係もないのかね。雇用関係などは。
トク　ありません。

ブノワ　この犯罪は君のアパートで発生した？

トク　はい。

ブノワ　事件があった夜、君は外出していた。何時ごろだね？

トク　八時半ころ、ルナール・ベインスキーなる紳士の訪問を受けたあとのことです。

ブノワ　彼も証人になっているな。（書類で確認する）容疑者とはよく知っていた関係かな？

トク　いえ、よくは知りません――ちょっとだけです。

ブノワ　彼は日本人の標準からいっても知的で有能な若者では？

トク　（ほかの回答に比して明らかに消極的に）いいえ。彼は頭はあまりよくなかった――責任能力が乏しい。

ブノワ　（皮肉を隠して）そうかね？　君はこの事件についてほかの日本人と話したかね？

トク　いいえ、話していません。

ブノワ　では君は証人控室で何を話していたのかね？　君らは話し合いをしていただろう？

トク　いいえ、私たちはそんなに多くは話していません。

ブノワ　ふむ！　君はあの帽子、マフ、そして手袋が、殺された婦人のものであることは知っているね？

（間）

証人にそれらを渡して。

（守衛は帽子、マフ、手袋を持ってくる。トケラモの心に、恐ろしく忌まわしい記憶がよみがえってくる）

トク　それらを知っているかね？　手にとってごらん。

（沈黙する彼女のものたちを手にして、瞬間自分がどこにいるか忘れ、防備をといて）これはエレーヌの……。

ブノワ　（書類から目をあげ、彼を鋭く見て）エレーヌの？

トク　（大きく微笑しその背後に感情を隠して）殺された女性です。

ブノワ　何かひどく動揺しているようだね。

トク　ちょっと気分が悪いので。帰ってもいいでしょうか？

ブノワ　ちょっと待って。殺人のあった夜、この帽子とマフが君の書き物机の上にあった。その時帽子はもっとくしゃくしゃではなかったかね？　よく見て。

トク　よく覚えていません。そうではないと思います。

ブノワ　控室へ下がってもよろしいが、まだ帰らないでくれたまえ。君の尋問調書を読み上げて、サインしてもらうから。

（トケラモは退出するが、今は職員の机の上にあるマフなどをちらりと見る。ブノワは立ち上がり、後ろの小さなテーブルへ行き、クラレットと水を混ぜ、リストを取り上げる）

証人ルナール・ベインスキーを呼んで。（職員に）あの男は何かを知っている……

職員　何かを隠していますね。

ブノワ　そうだ、彼は女を「エレーヌ」と呼んだ。一度か二度しか会っていないというのに。……まだ手掛かりはつかめていない。

（証人控室の入り口で話す）

守衛　証人ルナール・ベインスキーはまだ来ていません。

ブノワ　十一時に呼び出しをかけたんだがな。どういうことだ？（書類を見て）テレーズ・ムーニエを呼んでくれ。

（テレーズが気の毒なほどそわそわして現れる。彼女の背後で混乱した日本人の叫びが聞こえる）

（書類を読んで）ムーニエ、テレーズ、二十五歳。カトリック、女優。（彼は顔を上げる）彼女はそれを見た――匂いを嗅いだ。ほかの証人たちから離しておけ。彼らは何を騒いでいるのだ？守衛、ドアを閉めておけ。（そうする）

（ブノワはテレーズに掛けるようにしぐさし、自分も座る）

(手紙をつまみあげて) マドモワゼル、あなたは昨日われわれに手紙をよこして、証人として証言したいと言った。何か心身に問題でも?

テレーズ 私、とても怖いんです。あとあの日本人たち——とても野蛮な目で私を見るんです。

ブノワ いや、特に他意はないです。あれはああいう目つきなんですよ。さて、マドモワゼル、あなたの証言に価値があるとしたら、あとで書類を作ります。話してくれませんか。

テレーズ (言葉を押し出すようにして) 彼女とはとてもいい友達でした。……一番の友達……彼女の恋愛関係はみんな知っていました。……でもあの人、人をいじめるんです。……あの人、かっとなると恐ろしい言葉使いをして、人の自制力を失わせるんです。……あの人はとても親切で優しい、でも彼女は人を苦しめるのが好きで……きっとあのかわいそうな日本人もいじめられたんですわ……

ブノワ ……彼は知的に遅れているとか?

テレーズ いえいえ、彼はとても頭がよくてよく働きました。(ブノワは意味ありげに職員を見る) それに彼はとても親切で——彼には一度会っただけですけど——とてもいい笑顔をしていました。エレーヌは、彼はいつもにやにやして、彼に怒鳴りつけてほしいと言っていました。……私は彼女の親友です……でも彼女は時に恐ろしい猫みたいになります!!……彼らは知り合って一年以上でしょうか……

ブノワ　（さえぎって）あなたはエレーヌ・ラロシュが容疑者ヒロナリと親しかった、と言うのですね？

テレーズ　（びっくり仰天して）誰ですって？

ブノワ　容疑者の猪瀬ヒロナリだよ。

テレーズ　（目を見開いて）ああ、なんてこと！　これはどういうこと？

ブノワ　説明してください。

テレーズ　ああ神さま！　私はてっきり――

ブノワ　ええ、あなたが考えていたのは――

テレーズ　私は旅に出ていて、ただ新聞で、若い日本の紳士が……

ブノワ　ヒロナリが逮捕されたことは知らなかったんだね？　殺された女と親しかったのは別の日本人なんだね？　それは誰です？

テレーズ　思い出せません……忘れてしまった……何か奇妙な名前の人でした。

ブノワ　彼を見たら分かるかね？

（テレーズは立ち上がろうとする）

座って。（そうする）正義をもてあそんではいけない。日本人の証人全員をここへ連れてきて。

（ほかの日本人が入ってきた時、もう一人の捜査判事がドアのところに書類を持って現れる）

判事　ちょっとお伺いしたいことが――

ブノワ　ちょっと待ってくれ、――ちょっとだけ。さてマドモワゼル、この中に、あなたの友人が一年以上親しくしていた日本人がいるかね？　分かりますか？

（長い間。日本人たちはトケラモをうしろへ隠そうとする。テレーズの眼がトケラモの上にとまる）

テレーズ　トケラモかね？

ブノワ　（気を失いそうになって）そうです。

トク　トケラモ博士――あなたはさっき言いましたね――

ブノワ　（進み出て）私は話さなければならない！　もうこれ以上――

（彼の意識は突然テレーズに向けられた。彼女はうめいて椅子に座り込んだ）守衛、このご婦人をみてやってくれ。退出させて……さて、トケラモ博士。

北村　（北村がトケラモの耳にささやく）

ささやくのはやめてください！

ブノワ　（興奮している日本人たちに呼びかける）ヨロシイ、ソレデオススミナサイ。

通訳、彼は何を言ったのだ？

小林　（意図的に）彼は「静かにしろ、興奮するな」と言ったのです。

判事　（書類から目をあげ、鋭く小林をにらんで）でたらめを言うな！（皆が彼をにらむ）彼はそんなことは言っていない。静かにしろなら「オチツキタマエ」だ。全然違うではないか。

ブノワ　なんたることだ！　私に許可も得ず。

判事　私は十年間、東京の領事裁判所の裁判官をしていました。日本語はよく知っております。

ブノワ　では彼は何と言ったのだね？

判事　通訳するのは難しいですが、「この進路ようし」とか「風を避けて回頭」といったところですか。

ブノワ　通訳、何を言っているのだ？

小林　彼はそんなことは言っていません。

判事　誓ってそう言いました。誓います。

ブノワ　（考えて）「この道を進め」とか「この風を避けて行け」か。（間）日本人諸君、特にトケラモ博士に警告するが、刑法三六一条により、虚偽の証言は懲役刑に処せられる。

小林　（紳士的に）通訳しましょうか？

ブノワ　いや、結構。あなたはほかの日本人と一緒に控室にいてください。あとで取り調べをします。あなた、トケラモ博士は、ほかの日本人と離れて、別室に控えていていただきたい。……（彼

ら は言われた通りにする）彼ら日本人だけが知っている秘密があると見える。

判事 確かに。

ブノワ それはこのトケラモに関するものだ。「風を避けて回頭」。

判事 彼がそう言いました。

ブノワ 何の風か？　トケラモは言った、「私は話さなければならない」、まだそれを聞いていない。私が訊くべきなのだろうが――（彼らは書類を調べる）

守衛 （証人控室から現れて）証人のルナール・ベインスキーが到着しました。

ブノワ こちらへ。（書類を示しながら）まさにそうだね、その通りだよ。（さえぎったことを謝罪して判事が出ていくのと入れ替わりに、ルナール・ベインスキーが入ってくる）

一時間遅れましたよ。

ベインスキー 私が普段起きるのは一時です。あなたの要請で十二時に起きました。なので私は疲れています、紳士的に扱ってください。

ブノワ そこに掛けてください。あと口のタバコはとってください。

ベイン （冷たい傲慢さで）なぜです？

ブノワ 私がそう言っているからです。（しぶしぶベインスキーはタバコをやめる）気を付けてください、でないと罰金を課します。（ベインスキーは肩をすくめる）あなたの名前は？

ベイン　ルナール・ベインスキー。

ブノワ　ファーストネームは？

ベイン　シャルル・ヴィクトル・ユゴー。

ブノワ　冗談を言う場合では――

ベイン　ヴィクトル・ユゴーと呼ばれるのは冗談ではありませんよ――責任です。ヴィクトル・ユゴーは詩人です、私が生まれた時は詩人で通っておりました。

ブノワ　ありがとう。ヴィクトル・ユゴーなら聞いたことがあります。

ベイン　もちろんでしょう。

ブノワ　私の質問に専念してください。宗教は？

ベイン　別の質問をどうぞ。

ブノワ　宗教は？

ベイン　拝火教です。

ブノワ　プロテスタントと書いておけ。仕事は？

ベイン　美しい言葉の職人です。

ブノワ　ジャーナリストかな?

ベイン　おお!　侮辱しないでください。私は空気のようなものごとの調和を書き留めているのです。

ブノワ　何らかのレポーターと書いておけ。

ベイン　(疲れたように立ち上がり)いやいや、この会話は続けなければならないんでしょうか?

ブノワ　これが最後の警告ですが——これからあなたが提出する証拠は真実のみを言うと——「誓います」と言ってください。

ベイン　誓います。

ブノワ　あなたは容疑者とは何の関係もなく、彼との雇用関係もありませんね。

ベイン　私が日本人と関係があると思うのですか?

ブノワ　(彼の発言にいらだって)もしそうだとしてもあなたの責任ではありませんよ。

ベイン　(強い口調で)私は彼らを嫌悪している。もし私があのならず者——虎を——罰することができるなら、喜んで右手を切り落としてもいい。それは判事どの、誓ってもよろしい。

ブノワ　まあそう興奮なさらないで。

ベイン　判事どの、もしあのろくでなしどもの一人が、あなたの愛するある女性の命を奪ったとしたら——たとえばあなたの婚約者とか——(両手に頭を抱え込み、テーブルに突っ伏す)

ブノワ　おお、そうなのですか。それは知らなかった。ご心痛お察しします。
ベイン　ありがとう、判事どの。（ブノワの両腕をつかむ）あなたは高貴な人だ――あなたは高貴な人だ。
ブノワ　さて、この犯罪についてあなたに何か心当たりは？
ベイン　はい、あります。
ブノワ　（喜び、期待して）ああ！
ベイン　殺人があったその晩、私はトケラモを彼の部屋、つまり殺人のあった部屋へ訪ねました。
ブノワ　あなたはトケラモについてどう考えます？
ベイン　私はすべての日本人について考えがあります――モンゴル人のイエズス会――だって彼らには隠し事がありますから――ひそかに同盟を結び、マフィアです。
ブノワ　（うなずいて）私もそう考えているところです。
ベイン　そう、私は八時半ころにトケラモの家を出ました。百ヤードか二百ヤード行ったところで、彼が私にくれた本を忘れて来たのを思い出しました。まあそれをくれた点で彼は親切だったと言わざるをえませんが。私がとりに戻った時、九時を打ちました。
ブノワ　百ヤード行くのに三十分もかかったのですか？
ベイン　（ちょっとはにかむ様子がかわいらしい）ああ、ブランディをひと瓶やっていましたから。――

私は道を戻って、アパートのドアのベルを鳴らし、呼びましたが、誰も返事をしませんでした。私が家から出る時、二人の日本人が入っていくのを見ました。

ブノワ　二人というのは間違いないね？

ベイン　はいそうです、その点では私は間違えません。二人、間違いなく二人でした。私は陽気に呼びかけました——酒で陽気になっていたので——そのうち一人に。そいつは振り向いて、私をじっと見つめました——

ブノワ　今見ればその人物が分かるか？（鋭く）

ベイン　それはカブを見分けろというようなものですが、やってみます。

ブノワ　よろしい。（守衛に）日本人の証人を全員連れてこい、トケラモもな。どうぞ見てやってくれ、そしてその時の日本人を見つけたら言うのだ。ただし静かにな。

ベイン　（非常に興奮して）やってみます、やってみます。

ブノワ　私が声をかけるまでは何も言わないように。

（日本人たちが連れてこられる）

トケラモ博士、あなたが住んでいた家には、ほかに誰か日本人が住んでいたかね？　もしあなたが答えないなら、警察か住所録によって分かることだが。

トク　いえ、誰も――私の知る限り――いません。

ブノワ　（ベインスキーの耳に）いるかね？

ベイン　あの背の低い男です、トケラモに囁(ささや)いている、あの男です。

ブノワ　君の姓名、年齢、宗教そして職業を。

北村　北村です。

ブノワ　ファーストネームは？

北村　季吟です。

ブノワ　年齢は？

北村　三十歳。

ブノワ　宗教は？

北村　神道です。

ブノワ　職業は？

北村　医学博士です。

ブノワ　殺人があった日の九時すぎ、君がトケラモの家に入っていくのをこの人が目撃している。何をしに行ったのかね？

（長い間）

北村　（乱暴な身振り、内心の苦悩を表しつつ）私はしゃべってしまわなければならない！　これ以上トケラモを守れない、（日本人たちは彼の決心に絶望し、彼をとめようという身振りをする）

ブノワ　ほかの証人たちは下がっていて、ただトケラモは彼らとは離れていて。

（ブノワ、ベインスキー、北村、職員と守衛だけが部屋に残る）

ベインスキーさん、あなたへの尋問はあとで読み上げるのでサインをしてください。この事件はだいたい解決したと思う。法廷の名においてあなたの証言に感謝します。

ベイン　（ブノワの手を握り、彼を見つめて）いえいえ、判事さん、正義はほかにはない。それは法廷や刑法にあるのではなく——人間の魂にあるのです。そして魂の許しは、許さなければならないものです。私の指は、女を殺した者に復讐したいと望むかもしれません、私の頭は痛むかもしれない、心は求めてあえぐかもしれない、だが私が殺人者に魂と魂で遭遇したとしたら、彼を許さなければならない。この世の悲惨に対して、神はある日許しを宣言なさるだろう。その時われわれ皆が許される……それが本当の最後の審判です……それははっきりしない——私はそれをはっきりさせることはできない。（目が時計を見る）一時だ、私のアブサンの時間だ。

（出ていく）

ブノワ　（半ば職員に）どうやら彼なりの時間表があるらしい。お座りなさい、ムッシュー。（北村が座る）あなたは真実以外のことを述べないと、「誓います」と言ってください。

北村　誓います。

ブノワ　あなたは容疑者とは何の関係もないね。雇用関係にはない。

北村　ありません。私はすべてを話します。事実を語るのが私の運命です。

ブノワ　あなたの語ろうとする事実が私が考えている事実と一致するなら、早くことを進めなければならない。もはやトケラモをかばえない、というのはどういう意味だね？

北村　なぜなら私がなぜあの夜トケラモの家へ行ったかを話すのは、彼にとって大変な不利となるからです。

ブノワ　それはどういう事実だね？

北村　トケラモはとうてい立派な人間とは言えないからです。彼はカネに関して後ろ暗いところがあり、あの殺人があった晩、私たちは彼の家に、彼がこれ以上ギャンブルで借金を作るなら私たちの不名誉にもなるという抗議をするために行ったのです。

ブノワ　それはそうだね。

北村　しかしトケラモは約束を守らなかったのです、彼らしいことです。

ブノワ　なるほど、それで君は彼をならず者だと思ったのだね？

北村　いや、ならず者というのは言いすぎです。彼は頭がよく、高貴な人間です。

ブノワ　それは謎めいた人格だな。

北村　すでに日本で彼はその浪費によって家族を路頭に迷わせていたのです。日本人にとって家族はとても大切です。

ブノワ　（やっとわけが分かって）ああ、そう、そう、（彼は椅子にもたれ、やっとこの東洋的な謎を解いた喜びで顔をほころばせる）悪い日本人でも家族のことは一番に考えるということだね。

北村　はい、それが彼の宗教です。日本人なら誰でもそう言うでしょう。

ブノワ　そしてトケラモの家族は、あなたの言うように、貧しい。

北村　ああ、そうです、彼らはとても貧しい。それは事実です。

ブノワ　それはそうでしょう。ではヒロナリの家族はどうです？

北村　ああ、最高位の人たちです。サムライです。

ブノワ　そしてヒロナリはここで何をしていますか？

北村　彼は閑暇を得て西洋を見に来ているだけです。

ブノワ　ヒロナリの家族から最後に便りがあったのはいつです？

北村　（探偵に見つけられ罠にはまったというしぐさ）私が……？

ブノワ　最後に彼への送金が日本からあったのはいつです？

北村　ではあなたはあれを知って――？

ブノワ　はい、今分かりました。それはいいでしょう。あなたはこの育ちのいい紳士が殺人ができると思いますか？

北村　いえいえ。それはありえません。日本人全員に訊いてみてください。皆同じことを言いますよ。

ブノワ　なぜ分かるのですか？　彼らに聞いたのですか？（北村は答えない）あなたはヒロナリがやってもいない殺人を自白したわけを説明できますか？

北村　説明するなら、それが武士道です――若者の情熱が、自らを犠牲にしたのです。

ブノワ　犠牲は動機ですね。誰のための犠牲でしょうか？

北村　トケラモのために犠牲になったのです。

ブノワ　（椅子から立ち上がり）ではあなたはトケラモが殺人者だと言うのですね。

北村　残念ながら、そうです。日本人は皆そう思っています。

ブノワ　（北村を見下ろして立つ）思うというより、確信だな。そしてヒロナリは君ら全員が軽蔑する人間のために犠牲になるというのか？

北村　ああ、私ども日本人は――

ブノワ　(自分の椅子を北村のそばまで持ってきて) ムッシュー北村、ちょっとした笑い話をしてあげよう。ある黄色人種の大きな家族の一人が、警察に追われていた。彼は同国人が経営する店へ飛び込んだ。そこには壊れたガラスと瀬戸物の入った袋がたくさんあった。逃亡者は空の袋へ入り、中身の詰まった袋の中に隠れた。警察官が店へやってきて、平べったい袋のところへ行き、足で蹴った。中から声が聞こえて「チク、タク、ボン、ボン……」(間。ブノワは葉巻を吹かす。職員と守衛が笑う)

北村　なぜ彼は「チク、タク、ボン、ボン」などと言ったのですか。

ブノワ　まあ彼の子供っぽい考えから、そう言えばガラスのかけらと思われると考えたのだろう。……(守衛と職員が笑う)……(北村に) 微笑しているね?

北村　彼は愚かだなと笑っているのです。

ブノワ　北村博士、あなたほど愚かではありませんよ。あなたはトケラモを非難していますが、一時はヒロナリの罪を言い立てていたのですからね。

北村　何ですって、私は――?

ブノワ　こういうことです。ヒロナリはここにいて、西洋を見るために来ている。そして彼は裕福な両親の子です。それに対してトケラモは貧乏だとあなたは言った。同時にあなたは、彼は高貴な行いができる人だと言った。さらにあなたは、悪い日本人でも家族のためなら何でもすると言った。そうなるとトケラモはヒロナリのために罪をかぶった、そして日本のヒロナリの家族はトケラモの家族を経済的に救うでしょうからね。――あなたの立場が分かりますか？　あなたはヒロナリの保護者だということは、この書留の受け取りによって、あなたが私の偶然の問いかけに答えたことによって証明されます。……この金の一部はあなたの偽証のために使われ、さらに私はあえて断言しますが、あの二流の女優のテレーズ・ムーニエもまたこの金で偽証し、トケラモが犯人だという誤った結論へと私を導いた。――あなたを偽証罪で厳しく罰することもできる、だが私たちの善悪の感覚とあなた方のそれとが大きく違うことを勘案してそれはせずにおき、あなたへの尋問は終わりとします。（二人が立つ）あなたは自分の役割を演じた――あまりうまくはなかった。しかしトケラモはみごとな俳優だった。彼の改悛のふり――「私はすべてを話す」――はみごとな演技でした。熟練したヨーロッパの探偵と知恵比べをしようというなら、彼に学んだほうがいい。あなたの供述書はあとで読み上げますからサインしてください。下がってよろしい。（北村はお辞儀して去る）トケラモとヒロナリを連れてきてくれ。二人を対決させよう。最後にはトケラモが追い詰められてあのひどいアクセントで自分のこしらえ上げた自己批判をあえぎながら言うだろう。（ヒロナリとトケラモが連れてこられる。職員に）彼を見ろ。みごとに演技をやりおおせている。――ヒロナリ！　進み出てトケラモを見よ！トケラモ！　進み出てヒロナリを見よ！　もっと近く――近くに寄るのだ！　トケラモ博士、あなたは彼の目を避けている。まっすぐ彼を見よ。ヒロナリ、お前はまだ自分がエレーヌ・ラロシュを殺したと言い張るか？

ヒロ　はい、しかしドア、帽子、手袋に関しては――事実は私が彼女をアパートへ誘い込んだのです。そしてドアに鍵をかけました。そして外で人々が動いているのが聞こえました。そこで私は彼女に帽子などをとる時間を与えたのです。

ブノワ　（ヤモシに）容疑者は故意の謀殺だと自白すれば死刑になることを知っているのか？

ヤモシ　はい、警告しました。しかし固執しています。

ブノワ　トケラモ博士、あなたの同国人の一人が、殺したのはあなただと言っています。

ヒロ　いいえ、違います！　私がやりました。処罰は喜んで受けます。

（間。トケラモの内心に葛藤）

ブノワ　トケラモ博士、何か言うことがあるかね？……ない……（職員に）彼は天才でやっている。……ヒロナリ、君の予備尋問は終わりだ。君の供述書はあとで読み上げるからサインするように。（シガーケースなどを取り上げる）君はエレーヌ・ラロシュの故殺容疑で裁判に掛けられる。私たちは昼休みをとる。容疑者を連れていって。（看守がヒロナリを連れていく。ヒロナリは何か抵抗する）

トク　私は話さなければならない。彼は無実だ。

ブノワ　（職員に）ああ、出たぞ。

トク　殺したのは私です。

ブノワ　そうだろうね。下がっていいよ。

トク　（一瞬途方に暮れる）いや、いや、信じてください。あれはあのかわいそうな若者がやったのじゃなく、私が――私が……（ブノワは立ち上がる）――話を聞いてください。

（ヒロナリは、看守の手を振りきり、また部屋へ戻ってくる。看守が向きを変えて近づく）

ヒロ　私が――私には、あなたを犠牲にはできない。

（ヒロナリは再び引きずられていく）

ブノワ　（オーバーコートを着て）満足したかね？

トク　私があの女を殺した、私が殺したんだ。誓ってもいい。エレーヌを殺したのは私だ。この両手でくびり殺したんだ。その償いをしたい。

ブノワ　（ドアを開けて）ならどこかよそで償うんだな。（トケラモの前でドアを閉める）

（トケラモが一人残される。日本人が三々五々、慎重に中へ入ってくる。誰も驚かないようにして。彼らはトケラモを囲んで熱狂的にささやく）

小林　あなたの意図はよくわかりました。

大前　そしてわれわれは勝利した！

別の日本人　すばらしい！――勝利だ！――実にすばらしい！

全員　（両手をあげて）バンザイ！　バンザイ！

（幕）

第四幕

第一、二幕と同じ部屋だが家具などは移動されている。夜。座り机の前に座ったトケラモが和服に身を包み、墨で何か書いている。彼の顔は長い緊張のため憔悴している。外から軍隊の音楽が聞こえている。非常に静かにジョルジュが入ってくる。彼は何かなくなったものを探している。

トク　（仕事の手を休めて）ジョルジュ、外の音楽は何かね？

ジョルジュ　（窓のところへ行き、熱狂で顔を赤くして）旦那さま、これは私たちの祝日、巴里祭――七月十四日です。バスティーユ攻撃の日です。（外を見る）軍隊が大閲兵から帰ってくるのです。（窓のところへ行き）旦那さま、窓を開けてもよいですか？

（トケラモが認める。ジョルジュは窓を開ける。歓声と歌声。ジョルジュは手を叩く）

共和国軍です、見て！　工作隊がたいまつを持っています！　壮麗だなあ！　来て御覧になっ

てくださ い、旦那さま。

トク (身動きせず、煙草を喫っている) お前は兵隊だったのか、ジョルジュ?

ジョルジュ (まだ窓のところにいて) はい、旦那さま、そうです、そしてまたいつか、――すべてのフランス人が待ち望む日が来たら、兵隊になりたいと思います。旦那さまは「ダイニッポン!」と言いますが、私たちは「ヴィヴ・ラ・フランス!」とか「軍隊万歳!」と言います。私たちはドイツ人に奪われた二つの州を取り戻さなければならないんです。

トク では君らが他人から奪った土地はどうなるんだ?

ジョルジュ (驚いて) 私たちが?――

トク そうだ、ジョルジュ。たとえば、トンキンは。

ジョルジュ (能天気に) ああ、あれはアジアですから。

トク (微笑して) 日本もそうだよ、ジョルジュ、アジアだ。

ジョルジュ 私たちも他国と同じように植民地を作る権利はあります。(頭をかく)

トク なら私は、日本人もその権利があると思うがね。

ジョルジュ それは分かっていますが、旦那さま――

トク ジョルジュ、ある有名な政治家が――その名はビスマルクというのだが (ジョルジュは吐き捨てるように「豚が！」）――ある時別の有名な政治家と話していて、愛国心とは何か、というので彼は「真の愛国とは別の者に属しているものを欲し、取り、保つことであり、それを繰り返すことだ」と言った。

ジョルジュ　（大変驚いて）しかしあなたさまはそれを傍観してはおられないでしょう。

トク　（タバコを置いて仕事を続ける）私は日本人だ、ジョルジュ、私は……。

ジョルジュ　（部屋の中を見回して）旦那さま、前はここにあった小さな小刀が見当たらないのです。

トク　（彼のかたわらに置いてあった小刀をそっと帯に差し入れる。羽織に隠れてそれは見えない）心配するな。そのうち出てくるよ、ジョルジュ。

（ベルが鳴る。たいまつの火が窓を通して見え、音楽はその最高潮に達して漸次やんでいき、トケラモは書くのを続ける。まず小林と吉川が入ってくる。彼らはドアを閉める。ちょっとの間、トケラモは彼らに気づかない）

トク　（顔をあげて）失礼、お二人、ちょっと仕事を片付けます。

小林　あとで参ります。（二人は帰ろうとする）

トク　（片手をあげて、もう片方の手で書く）これで最後です。終わりました。（立ち上がり、満足と安堵の声音で話し出す）

小林・吉川 終わった！　それは重畳、いい知らせだ！

トク だからあなた方に九時に来てくれるよう使いをやったのです。一緒に酒を飲んで、私の仕事の終わりを祝いましょう。

小林 実にすばらしい。これであなたも休息がとれますな。

トク ええ、休みましょう。どうぞお掛けください。（二人の訪問者は座る）タバコをどうぞ。（小林と吉川は煙草を断る。トケラモは明かりをつけて床に座る。小林と吉川はこっそり顔を見合わせる）

小林 私たちはちょっと早く着いたのです、トケラモさん、あなたと話したいことがあり――

トク どうぞ。

吉川 （ある種挑戦的な感じで）トケラモさん、私はあなたが和服姿で執筆しているのを見たかったのです。

トク 非常に疲れている時は、椅子に座ると眠ってしまいますからね、姿勢でもってそれを防がないと。

吉川 （扇子で煽ぎながら）そうです、だからあの皿のような目をしたヨーロッパ人はすぐに太りだし、女は怪物のように膨れ上がるのです。そうですね、トケラモさん？

トク　そんな風にヨーロッパ人を眺めたことはありませんでした。

吉川　どんな風に眺めていたんですか？

トク　もうちょっと好意的に。

吉川　それは失礼した。

トク　吉川男爵、あなたがヨーロッパ人を嫌っているのはよく承知しています。

吉川　それも理由のあることです。（間）隠すつもりはない。われわれ日本人社会が最近では君にはあまり好ましく思えていないだろうが――私たちは皆そう思っている――君はずいぶん長いこと堕落した西洋人社会で生きてきた、あの私たちの国をバカにするルナール・ベインスキーとか。（荒々しい目つきで）それがニッポンを救うことになりますか？

（少しの間トケラモはこの年長者の無礼に耐える。小林は、よりトケラモに同情的だったが、身振りで、座って熱くならずに話をしようと示唆する。三人は座る）

小林　（少しためらいつつ、柔らかに）トケラモさん、私らは理解不足で――

トク　私はベインスキーは、欠点はあるが、われわれ日本人には把握できないある性質を伝えてくれたと思います。

（小林と吉川は顔を見合わせ、こう言うかのようである――「これは想像していた以上にまずい」）

吉川　（突然、日本人がよくやる、脇に座るということをして）注意してください、トケラモさん。君はあまりにヨーロッパ人と近づきすぎて——すでにあの君が殺した女、あの売春婦——

トク　（立ち上がり、強くではないが断固とした口調で）そのように言うのはやめていただきたい。

吉川　（皆立つ）あの女はニッポンの計画を台無しにしようとしたのだ。こんな——

トク　私が殺したあの女を侮辱しないでもらいたい。私はそのことを判決の前に告白します。あなたたちが考えるように私は日本的策略を使うのではない。私は自分の罪を償います。（外のベルが鳴る）

吉川　話を聞いてくれ、トケラモさん。（話す前に小林を見る）ニッポンの名と、ミカドの名において（三人はミカドの肖像に敬礼する）あのヨーロッパ人とのつきあいをやめるよう命令する。

トク　（ドアにノック）お入りください！

ジョルジュ　（ドアのところで）ムッシュ・ルナール・ベインスキーです。

（ベインスキーが玄関で「ラ・マルセイエーズ」を歌っているのが聞こえる）

トク　少し待つように言ってくれ。（ジョルジュ出ていく）

吉川　（冷たく威嚇的に）やつに会うのか？

トク　（満身で遺憾の意を表して）あなたに逆らうことになるが、私は彼に会わなければならない。

吉川と小林　（お辞儀をし、何かを伝えるように装いつつ、実のところ宣告文のように）なら、トケラモさん、私たちは――（二人は去ろうとする）

トク　私の首を斬るなら注意深く願います。私は日本人として生きてきて、ニッポンに尽す仕事をしてきました。もし私がこれ以上ニッポンに尽すことができなくなったら、どうやってニッポンに報いたらいいかは分かっています。

（小林が話そうとするが、吉川が止める）

吉川　（トケラモを突き刺すように見て）君はもう何も言わないほうがいい。（二人はお辞儀する）ほかの者たちと九時に戻ってくる。

小林　あの厭わしい男に会いたくないので裏口から出ます。

（小林と吉川、出ていく。吉川は熱心に小林に何か言い、小林は振り向いてトケラモを見る。トケラモは部屋の中央に身じろぎもせず立っていて、それから座りなおす）

トク　（呼ぶ）どうぞお入りなさい、ムッシュ・ルナール・ベインスキー。

（ベインスキーが入ってくる。紙でできた花飾りを首の回りに巻き付けている。イタリア葉巻を吹かし、額の汗を拭っている）

ベイン　やあ、トク、どうしている？　日本へ帰ったと思ったよ。

トク　（微笑して）はい、これから日本に帰ります。ジョルジュ、その書類を整理してくれ。

ベイン　いや、私もこういう座り方をしてみたかったのです。

（日本風に正座しようとする。苦痛の声をあげる）

トク　（満面の笑みで）ああそれは痛い、痛いですよ。

ベイン　（椅子をひっくり返し、そこに斜めに座る）ありがとう。私のなまった体はこの西洋流のこずるい道具でしばらく支えておきましょう。

トク　それでお元気でしたか、ムッシュ・ルナール・ベインスキー？

ベイン　とても良くないです。あなたと夜っぴてエレーヌの話をして、三晩は落ち着いていられましたが、また苦しむようになりました。私が何をしていたと思います？　ピガール広場で職業女トロットを踊って（踊る）、その女が誰かは神のみぞ知るだ。なぜか？　それは百年前にバスティーユが陥落したからです。そしてわが友トケラモ、バスティーユは陥落し続けなければならないー世界中でバスティーユがなくなっても、陥落し続けなければならないんです。あなたをご覧なさい！　あなたの日本――これもバスティーユですよ。それはあなたの魂、生命、悲しみ、喜び、ブランディと愛の光を解放しないのです――それはそれらを皆あなたから取り上げるのだ。すべての国がバスティーユですよ。すべての愛国心の本能、それはもう一つの、人の魂で鍛えられた銃で守られた要塞なんだ。それらを突き崩さなければならない！（立ち上がり、予言者のように両手を挙げる）トケラモ博士、この地上の最後の罪は、生体解剖者の群れの中へ誰かが爆弾を落とす時だよ。彼は地獄を破壊するんだ。その時私たちは一緒に踊ろう——男も、女も、犬や猫も——最後のバスティーユがなくなったあとに、足を蹴り上げて。……トケラモ、私はジョークを言っているのだ——君が聞いた中で最高のジョークだ。この数日でひらめいたのだ。私、シャルル・ヴィクトル・ユゴー・ルナール・ベインスキーは、半分ポーランド人の半分フランス人で、酔っぱらった雑種犬で、怠惰な浪費家で、だがその残りは——私はキリスト教徒だ！　あまりいい見本ではないが、聖トルストイのゴスペルによれば、キリストのキリスト教徒だ。私はすべての民族を愛する。すべての政府に唾を吐きかける（手をトケラモの肩に置く）そして（間）私は敵を許す！（再び座る。突然真剣に話し出す）さて、君は今夜私にここへ来るよう言ったが、何のために？

トク　（書き物机から、紙に包まれた写真立てをとり）お別れを言うためです。（立つ）

ベイン　フランスを離れるのだね？（立つ）

トク　日本からは帰国せよと……（小さな包みを出して）私が行ってしまう前にこれをさしあげたかっ

た。これはエレーヌが少女だったころの写真です。これは現存する唯一のものだと言っていました。あなたは彼女を愛していた――彼女も人としてはあなたを最も愛していた。これ以上貴重なものはない、それを差し上げます。受け取ってください。

ベイン　はい、トケラモ博士。さっきのように座ってください。私はここに。（トケラモは床に座り、ベインスキーは椅子に座る）私たちが会うのもこれが最後です。エレーヌが死んだあと、私は彼女が住んでいた小さなアパートに行ってきました。大きなワードローブに派手派手しい服が吐き出されていて――ほとんど彼女のものです――小さな金属の箱がありました。その中にはいくつか絵葉書があり、いくつかの日本の装身具、手紙の束が二つ――これが彼女の持ち物のすべてでした。二つの束はいずれも私からのものではなかった。これです。（袋をトケラモに渡す）それには何が書いてありますか？

トク　（読む）「私の人生を壊した怪物から」

ベイン　こちらには？

トク　（読む）「私の日本のいとしい人から」

（悲しげで遠くを見るような目がトケラモの顔を覆う）

ベイン　彼女が一番愛していた男は誰だ？（数瞬、二人の男の目が合う）

トク　かわいそうな、かわいそうなエレーヌ！　かわいそうな、かわいそうな小さな魂！　私のかわいそうな小さなエレーヌ！（日本語で）チューービーン、ヤナ、エレーヌ、チュービーン、ヤナ、エレーヌ（不憫やな、のことか）（両手で涙のあふれる目を蔽い、頭はテーブルに突っ伏す）

ベイン　（トケラモの脇の床にひざまづいて）友よ、泣いているな！　わが兄弟、君の自制心がついになくなった！　君は日本人以上のもの、人間になったのだ。君は魂において私に近い。お互いの心をさらけ出そう。（トケラモは頭をあげてまっすぐベインスキーを見る）私がここへ来た時、君はなぜ来たと思った？

トク　（二人の顔は非常に近づいている）私を殺しにきたと思いました。

ベイン　殺す？

トク　私がエレーヌを殺したから――

ベイン　（彼らの長い眠れない夜の熱い願いがいま達せられた、片方の腕をトケラモの首に巻いて）とうとう！　君の心は今清められた！　君の心の傷の出血は止まった！（間）

トク　なぜ私に復讐しないのですか？

ベイン　君がエレーヌを愛していたのを知っているからです。彼女も君を愛していた――それはこの手紙が証明している。愛はある――人間の愛――動物の愛――どんな愛でもかまわない――いずれにせよ愛です。そして愛は憎悪に打ち勝つ。愛は憎悪を打ち倒す!(二人は立つ)そしてトケラモ博士、私は心をこめて、あなたを許します。

(二人の男は立つ。ベインスキーの感情が彼を完全に圧倒する。彼の肩は上下する。彼は泣く)

トク (感動しているが、別な風にである。彼のしぐさにはなだめるような、防衛的なところがある。泣いている子供をあやす看護婦を想起させる)わがよきフランスの友よ、ありがとう。そしてさようなら。

ベイン すぐに日本へ帰るのですか?

トク ほぼすぐです。私は心に大きな傷を負いました。そして今私の魂は平安です、そしてこれから輪廻転生の輪に向かうのです。

ベイン (分かりやすく話すために戻ってくる)それは理解できない。

トク それはわれらの仏教的信仰です。あなたが腕を私に差し伸べて許すという、そこには多くの登るべき階段があり、あなたは私に多くの階段を上げてくれた、その行きつく先は——涅槃とわれわれは呼びます——私たちが最後に行きつく完全な平静です、何千という地上の生が消失したあと、われらの存在の完全な本質にたどり着くのです。さようなら、ムッシュ・ルナール・ベインスキー、私たちの魂が涅槃で融合するまで。

ベイン (深く感動して)さようなら、兄弟。(トケラモの手を熱情的にとり、スラブ的な感情が爆発して、彼を抱きしめる。突然手をポケットに入れて何かを探る）この宝飾具は、私自身のようなものだ。家に置いてきてしまったかな？（トケラモが話そうとする）いや、君がとってくれたまえ――一緒に日本へ持ち帰ってくれ。とってくる。（急いで外へ行く）

（トケラモはベルを鳴らす。ジョルジュが寝室から入ってくる）

トク　ジョルジュ、九時も近い。用意はいいか？

ジョルジュ　はい、ムッシュ。

トク　おお、ジョルジュ、寝室から大きなマットを持ってきてくれないか？

ジョルジュ　（一瞬驚きを隠せず）大きなマット――？

トク　そうだ、ジョルジュ。

（トケラモは、幕を使って、窓の前の空間が外から見えないように覆う。彼はエレーヌの手紙を羽織の袂に入れる。ジョルジュがマットを持って戻ってきた時、ベルが鳴る。トケラモはマットを受け取る）

どうか私の友人を中へ入れてくれ、ジョルジュ。（ジョルジュがそうする）

（トケラモは窓の前の空間にマットを敷き、日本の低い机から懐紙を取り出して着物の腹に当てる。ジョルジュが案内してきたのは全員の日本人で、その入場はまるで儀式のようである）

わが友よ、今日ここに君らを迎えられたのは嬉しい。どうぞ私と酒を酌み交わしてほしい、君

らに伝えるべき喜ばしい知らせがあるので。全員和服に着替えてくれるかな？（全員がお辞儀をし、寝室へ行く）

吉川　（ほかの者たちが和服を着ている間に、トケラモに近づき）トケラモさん、小林さんが家に帰ると、総理大臣からの手紙が来ていて、仕事の完成を寿いでいた。ミカドは畏くも菊花大勲章を君に賜るご意向だという。（重々しく）これを聞けば君の考えも変わるだろう。

トク　（明らかに死後の栄光の見込みによって高揚して）そうはいかないでしょう。（真摯な謙虚さをもって）そのような名誉も私の内心の荒涼からははるかに遠いものです。

（小林が和服を着て吉川と入れ替わり、吉川は和服を着に引っ込む）

小林　私たちは今日牢獄に彼を訪ねました。

トク　彼は何か私のことを？

小林　非常な敬意をもって。彼はあなたが彼に懲役七年の刑をわが国のために与えてくれたことを感謝していました。（トケラモの顔が微笑で明るくなる）あなたがこの知らせに喜んでくれて嬉しい。

トク　（和服を着て戻ってきた吉川に）私の鍵は書き物机の上にあります。

吉川　分かった。しかし一体なぜ――？

トク　（吉川から目を逸らして）あなたに知っておいていただきたい。それだけです。

吉川　それは君が決めることだ。

トク　友人たちよ、私は日本へ行く。（第一幕と同じに、ミカドの肖像から蔽いを外し、お辞儀をする）来てくれ、友人たち。

（皆座布団の上に座り低いテーブルを囲む。机にはジョルジュが小さな皿をいくつか置き、それぞれ酒の瓶と多くの猪口がある。また食物を入れた漆塗りの箱があり、箸が添えられている）

友人たち、君たちを呼んだのは、そのために私が派遣された仕事が完成して、今この手の下にあるのを伝えるためだ。

（歓声と祝福が全員からあがる。「バンザイ！」と叫ぶ）

吉川　それで君はこの名誉ある仕事を日本に持ち帰るのを誰に頼むのだ？

トク　あなたに託したいと思います。

小林　私たちは皆この名誉ある仕事を請け負いたいと願っているから、誰でも引き受けるだろう。

トク　北村さん、あなたは横笛で何か吹いてくれませんか。

北村　喜んで。

（北村は楽器を受け取る。彼が吹き始めると、外の楽隊の音楽が聞こえてくる）

北村　（演奏を中断して）この音楽の中では演奏しづらいです。

トク　では窓を閉めましょう。

北村　(演奏を再開する) 良くなった。ありがとう、トケラモさん。

(近づいてくる音楽はまだ聞こえている。たいまつの火も窓から見える)

ヤモシ　私はあのヨーロッパの音楽にはなじめないね。

大前　だいたい、うるさくて混乱している。

吉川　私には圧迫を感じるね。

(たいまつのちかちかする火の中で、トケラモは屏風で回りを囲い、ミカドの肖像にお辞儀して、マットの上に正座し、羽織の紐を外してそれを脱ぎ、帯から短刀を抜き、半インチほど刀身を出し、彼の前に置く。懐紙を取り出し、短刀の柄を巻く。左腕が自由になるよう和服を縛り、右腕もそうする。和服の下着以外は裸になる。和服の下を腹を出すように広げる。短刀を取り上げ、鞘を払い、短刀を腹に突き立て、えぐる。それから右手を体の後ろに立てる。この間、たいまつの火は彼の姿勢を照らすようである。……自害の儀式は闇に包まれる)

小林　(音楽の間、吉川に体を近づけて) あなたご自身で仕事を日本へ持ち帰るべきです。報告すべき繊細な事情もあるのですから。

吉川　ああ、君の言うのは分かる。

（低い音が聞こえる。笛の音が途絶える。吉川が立ち上がり、ほかの者も立って手を伸ばす。あかりをつける）

吉川　わが同胞たちよ、動揺しないように。トケラモさんはニッポンへの義務から解放された。彼は精神に異常を来していた。（日本人たちは進み出て周りに立ち、トケラモの死体を見つめる）彼はサムライの儀式にのっとってご先祖たちの列に加わったのだ。

小林　（遺体の上に花を置く）彼の死を美しく飾りましょう。

吉川　卓の上に香があるから、それを炊いてくれ。

北村　（北村と他の日本人はトケラモの遺体を屏風で覆う）寝かせてやらねばなるまいな。（ベルを鳴らす）

吉川　（警告して）鍵がある。早く！　書類を皆揃えて！　警察が来る。

（全部のあかりがつけられる。日本人たちはどたばたして、あたりを整理し、壊し、すべての書類を脇へのけたりする）

（ルナール・ベインスキーが元気いっぱいで入ってくる。彼は多くの日本人がいるのにびっくりして立っている）

ベイン　（不安を表して）トケラモはどこだ？（さらに不安が増して）トケラモはどこだ？……あの屏風の後ろにあるのは？（屏風のほうに近寄る。後ろから青い線香の煙が漂ってくる）

吉川　触らないほうがよろしい。あなたの西洋人の心理には耐えられまい。トケラモさんは生死の境を異にした。（軽蔑と嫌悪を一瞬示して）あなた方の悪い風習が彼を害したのだ。――（再び脱力して）トケラモさんは自害した。

ベイン　自害！　なんてことだ！　あなた方みんながそうさせたのだ！　あなた方は人殺しだ！　私のかわいそうな友人――恐ろしいことだ！　恐ろしい!!

小林　（トケラモの書類を整理する手を止めて）恐ろしい。何が恐ろしいのだ？　死は恐ろしくはない。生まれた者は必ず死ぬ。それは必然であり、大したことではない。重要なのは生きて義務を果たすことだ。

（「勝利の父」の曲が次第に大きくなる。すべての日本人はもうベインスキーのことを考えていない。書類に没頭している。ベインスキーはあたかも二つの大陸の間できしみあう生の基準の間でくらくらし、疑念にとらわれたかのように）

レンジェル・メニヘールト［1880–1974］年譜

▼——世界史の事項　●——文化史・文学史を中心とする事項　**太字ゴチの作家『タイトル』**——〈ルリユール叢書〉の既刊・続刊予定の書籍です

一八八〇年

一月十二日、ハンガリー王国東部のハイドゥー＝ビハル県のホルトバージ近郊バルマズウーイヴァーロシュに生まれる。本名レボヴィチ・メニヘールト（Lebovics Menyhért）。父は地主の農場管理人をしていた。ミシュコルツにあるミシュコルツ職業学校ベルゼヴィッチ・ゲルゲイ・グラマー・スクールを卒業。

▼第一次ボーア戦争（～八一）［南アフリカ］●E・バーン・ジョーンズ《黄金の階段》［英］●ギッシング『暁の労働者たち』［英］●エティエンヌ＝ジュール・マレイ、クロノフォトグラフィを考案［仏］●ヴェルレーヌ『叡智』［仏］●ゾラ『ナナ』『実験小説論』［仏］●モーパッサン『脂肪の塊』［仏］●ケルン大聖堂完成［独］●エンゲルス『空想から科学へ』［独］●**ヤコブセン『ニルス・リューネ』**［デンマーク］●H・バング『希望なき一族』［デンマーク］

一八八一年

▼ナロードニキ、アレクサンドル二世を暗殺。アレクサンドル三世即位［露］●H・ジェイムズ『ある婦人の肖像』［米］●D・G・ロセッティ『物語詩とソネット集』［英］●ヴァレス『学士さま』［仏］●フランス『シルヴェストル・ボナールの罪』［仏］●フロベール『ブヴァールとペキュシェ』［仏］●ゾラ『自然主義作家論』［仏］●シュピッテラー『プロメートイスとエピ

メートイス』〔瑞〕●ルモニエ『ある男』〔白〕●ヴェルガ『マラヴァリア家の人びと』〔伊〕●エチェガライ『恐ろしき媒』〔西〕●マシャード・デ・アシス『ブラス・クーバスの死後の回想』〔ブラジル〕

一八八二年

▼ドイツ・オーストリア・イタリアの三国同盟成立(〜一九一五)〔欧〕●ハウエルズ『ありふれた訴訟事件』〔米〕●エティエンヌ＝ジュール・マレイ、クロノフォトグラフィを考案〔仏〕●コビュスケン・ヒュト『レンブラントの国』(〜八四)〔蘭〕●ツルゲーネフ『散文詩』〔露〕●中江兆民訳ルソー『民約訳解』〔日〕

一八八三年

▼クローマー、エジプト駐在総領事に就任〔エジプト〕●スティーヴンソン『宝島』〔英〕●ヴィリエ・ド・リラダン『残酷物語』〔仏〕●モーパッサン『女の一生』〔仏〕●アミエル『日記』〔瑞〕●コッローディ『ピノッキオの冒険』〔伊〕●ダヌンツィオ『間奏詩集』〔伊〕●メネンデス・イ・ペラーヨ『スペインにおける美的観念の歴史』(〜八九)〔西〕●ニーチェ『ツァラトゥストラかく語りき』〔独〕●リーリエンクローン『副官の騎行とその他の詩集』〔独〕●**フォンターネ『梨の木の下に』**(〜八五)、『シャッハ・フォン・ヴーテノー』〔独〕●エミネスク『金星』〔ルーマニア〕●ヌーシッチ『国会議員』〔セルビア〕●ビョルンソン『能力以上』〔ノルウェー〕●フェート『夕べの灯』(〜九一)〔露〕●ガルシン『赤い花』〔露〕

一八八四年

▼アフリカ分割をめぐるベルリン会議開催(〜八五)〔欧〕▼甲申の変〔朝鮮〕●ウォーターマン、万年筆を発明〔米〕●トゥエイン『ハックルベリー・フィンの冒険』〔米〕●バーナード・ショー、〈フェビアン協会〉創設に参加〔英〕●**ヴェルレーヌ『呪われた詩人たち』**、『往時と近年』〔仏〕●ユイスマンス『さかしま』〔仏〕●エコゥト『ケルメス』〔白〕●アラス『裁判官夫人』〔西〕●R・デ・カストロ『サール川の畔にて』〔西〕●ペレーダ『ソティレサ』〔西〕●ブラームス《交響曲第4番ホ短調》(〜八五)〔独〕●シェンキェーヴィチ『火と剣によって』〔ポーランド〕●カラジャーレ『失われた手紙』〔ルーマニア〕●ビョルンソン『港に町

に旗はひるがえる』〔ノルウェー〕●三遊亭円朝『牡丹燈籠』〔日〕

一八八五年　▼インド国民会議〔インド〕●ハウエルズ『サイラス・ラパムの向上』〔米〕●スティーヴンソン『子供の歌園』〔英〕●ペイター『享楽主義者マリウス』〔英〕●メレディス『岐路にたつダイアナ』〔英〕●R・バートン訳『千一夜物語』（〜八八）〔英〕●セザンヌ《サント＝ヴィクトワール山》〔仏〕●ゾラ『ジェルミナール』〔仏〕●モーパッサン『ベラミ』〔仏〕●マラルメ『リヒャルト・ヴァーグナー、あるフランス詩人の夢想』〔仏〕●ジュンケイロ『永遠なる父の老年』〔ポルトガル〕●ルー・ザロメ『神をめぐる闘い』〔独〕●リスト《ハンガリー狂詩曲》〔ハンガリー〕●ヘディン、第一回中央アジア探検（〜九七）〔スウェーデン〕●イェーゲル『クリスチアニア＝ボエーメンから』〔ノルウェー〕●コロレンコ『悪い仲間』〔露〕●坪内逍遥『当世書生気質』、『小説神髄』〔日〕

一八八六年　▼ベルヌ条約成立〔瑞〕▼コロンビア共和国成立〔コロンビア〕●バーネット『小公子』〔米〕●オルコット『ジョーの子供たち』〔米〕●スティーヴンソン『ジキル博士とハイド氏』〔英〕●ランボー『イリュミナシオン』〔仏〕●ヴェルレーヌ『ルイーズ・ルクレール』、『ある寡夫の回想』〔仏〕●ヴィリエ・ド・リラダン『未来のイヴ』〔仏〕●モレアス「象徴主義宣言」〔仏〕●ケラー『マルティン・ザランダー』〔瑞〕●デ・アミーチス『クオーレ』〔伊〕●パルド・バサン『ウリョーアの館』〔西〕●レアル『反キリスト』〔ポルトガル〕●ニーチェ『善悪の彼岸』〔独〕●クラフト＝エビング『性的精神病理』〔独〕●イラーセック『狗頭族』〔チェコ〕●H・バング『静物的存在たち』〔デンマーク〕●トルストイ『イワンのばか』、『イワン・イリイチの死』〔露〕

一八八七年　▼仏領インドシナ連邦成立〔仏〕▼ブーランジェ事件（〜八九）〔仏〕▼ルーマニア独立〔ルーマニア〕●ドイル『緋色の研究』〔英〕●**モーパッサン『モン＝オリオル』**、『オルラ』〔仏〕●ロチ『お菊さん』〔仏〕●C・F・マイアー『ペスカーラの誘惑』〔瑞〕●ヴェラーレン『夕べ』〔白〕●ペレス＝ガルドス『ドニャ・ペルフェクタ』〔西〕●テンニェス『ゲマインシャフトとゲゼルシャフト』〔独〕●ズーダーマン『憂愁夫人』〔独〕●フォンターネ『セシル』〔独〕●H・バング『化粧漆喰』〔デンマーク〕●ストリンドベリ「父」初演〔スウェーデン〕●ローソン『共和国の歌』〔豪〕●リサール『ノリ・メ・タンヘレ』〔フィリピン〕●二葉亭四迷『浮雲』（〜九一）〔日〕

一九〇〇年頃〔三十歳〕

ジャーナリストとして出発し、のちブダペストに移った。

▼労働代表委員会結成〔英〕▼義和団事件〔中〕●ドライサー『シスター・キャリー』〔米〕●ノリス『男の女』〔米〕●L・ボーム『オズの魔法使い』〔米〕●L・ハーン『影』〔英〕●ベルクソン『笑い』〔仏〕●ジャリ『鎖につながれたユビュ』〔仏〕●コレット『学校へ行くクローディーヌ』〔仏〕●シュピッテラー『オリュンポスの春』（〜〇五）〔瑞〕●フォガッツァーロ『昔の小さな世界』〔伊〕●ダヌンツィオ『炎』〔伊〕●フロイト『夢判断』〔墺〕●シュニッツラー『輪舞』、『グストル少尉』〔墺〕●プランク、「プランクの放射公式」を提出〔独〕●ジンメル『貨幣の哲学』〔独〕●S・ゲオルゲ『生の絨毯』〔独〕●シェンキェーヴィチ『十字軍の騎士たち』〔ポーランド〕●ヌーシッチ『血の貢ぎ物』〔セルビア〕●イェンセン『王の没落』（〜〇一）〔デンマーク〕●ベールイ『交響楽（第一・英雄的）』〔露〕●バーリモント『燃える建物』〔露〕●チェーホフ『谷間』〔露〕●マシャード・デ・アシス『むっつり屋』〔ブラジル〕

一九〇一年

▼オーストラリア連邦成立〔豪〕●ノリス『オクトパス』〔米〕●キップリング『キム』〔英〕●ウェルズ『予想』〔英〕●L・ハーン『日本雑録』〔英〕●シュリ・プリュドム、ノーベル文学賞受賞〔仏〕●ジャリ『メッサリーナ』〔仏〕●フィリップ『ビュビュ・ド・モンパルナス』〔仏〕●ダヌンツィオ『フランチェスカ・ダ・リーミニ』上演〔伊〕●バロハ『シルベストレ・パラドックスの冒険、でっちあげ、欺瞞』〔西〕●T・マン『ブデンブローク家の人々』〔独〕●H・バング『灰色の家』〔デンマーク〕●スト

リンドベリ『夢の劇』〔スウェーデン〕●ヘイデンスタム『聖女ビルギッタの巡礼』〔スウェーデン〕●チェーホフ「三人姉妹」初演〔露〕

一九〇二年　▼日英同盟締結〔英・日〕▼コンゴ分割〔仏〕▼アルフォンソ十三世親政開始〔西〕▼革命的ナロードニキの代表によってSR結成〔露〕●スティーグリッツ、〈フォト・セセッション〉を結成〔米〕●W・ジェイムズ『宗教的経験の諸相』〔米〕●H・ジェイムズ『鳩の翼』〔米〕●ドイル『バスカヴィル家の犬』〔英〕●L・ハーン『骨董』〔英〕●ジャリ『超男性』〔仏〕●ジッド『背徳者』〔仏〕●ロラント・ホルスト＝ファン・デル・スハルク『新生』〔蘭〕●クローチェ『表現の科学および一般言語学としての美学』〔伊〕●ウナムーノ『愛と教育』〔西〕●バロハ『完成の道』〔西〕●バリェ＝インクラン『四季のソナタ』（～〇五）〔西〕●アソリン『意志』〔西〕●ブラスコ＝イバニェス『葦と泥』〔西〕●レアル・マドリードCF創設〔西〕●リルケ『形象詩集』〔墺〕●シュニッツラー『ギリシアの踊り子』〔墺〕●ホフマンスタール『チャンドス卿の手紙』〔墺〕●モムゼン、ノーベル文学賞受賞〔独〕●インゼル書店創業〔独〕●ツァンカル『断崖にて』〔スロヴェニア〕●アイルランド国民劇場協会結成〔愛〕●ゴーリキー『小市民』、「どん底」初演〔露〕●アンドレーエフ『深淵』〔露〕●クーニャ『奥地の反乱』〔ブラジル〕●アポストル『わが民族』〔フィリピン〕

一九〇三年　▼ロシア社会民主労働党、ボリシェビキとメンシェビキに分裂〔露〕●スティーグリッツ、「カメラ・ワーク」誌創刊〔米〕●ノリス『取引所』、『小説家の責任』〔米〕●ロンドン『野性の呼び声』、『奈落の人々』〔米〕●G・B・ショー『人と超人』〔英〕●S・バトラー『万人の路』〔英〕●ウェルズ『完成中の人類』〔英〕●ハーディ『覇王たち』（～〇八）〔英〕●**J＝A・ノー『敵なる力』**（第一回ゴンクール賞受賞）〔仏〕●ロマン・ロラン『ベートーヴェン』〔仏〕●プレッツォリーニ、パピーニらが『レオナルド』創刊（～〇七）〔伊〕●ダヌンツィオ『マイア』〔伊〕●A・マチャード『孤独』〔西〕●ヒメネス『哀しみのアリア』〔西〕●バリェ＝インクラン『ほの暗き庭』〔西〕●リルケ『ロダン論』（～〇七）、『ヴォルプスヴェーデ』〔墺〕●ホフマンスタール『エレクトラ』〔墺〕

一九〇四年

●T・マン『トーニオ・クレーガー』〔独〕●デーメル『二人の人間』〔独〕●クラーゲス、表現学ゼミナールを創設〔独〕●ラキッチ『詩集』〔セルビア〕●ビョルンソン、ノーベル文学賞受賞〔ノルウェー〕●永井荷風訳ゾラ『女優ナヽ』〔日〕▼日露戦争（〜〇五）〔露・日〕●ロンドン『海の狼』〔米〕●コンラッド『ノストローモ』〔英〕●L・ハーン『怪談』〔英〕●ミストラル、ノーベル文学賞受賞〔仏〕●J＝A・ノー『青い昨日』〔仏〕●ロマン・ロラン『ジャン＝クリストフ』（〜一二）〔仏〕●コレット『動物の七つの対話』〔仏〕●リルケ『神さまの話』〔墺〕●ダヌンツィオ『エレットラ』、『アルチヨーネ』、『ヨーリオの娘』〔伊〕●エチェガライ、ノーベル文学賞受賞〔西〕●バロハ『探索』、『雑草』、『赤い曙光』〔西〕●ヒメネス『遠い庭』〔西〕●M・ウェーバー『プロテスタンティズムの倫理と資本主義の精神』（〜〇五）〔独〕●フォスラー『言語学における実証主義と観念主義』〔独〕●ヘッセ『ペーター・カーメンツィント』〔独〕●H・バング『ミケール』〔デンマーク〕

一九〇五年

▼ノルウェー、スウェーデンより分離独立〔北欧〕▼第一次ロシア革命〔露〕●ロンドン『階級戦争』〔米〕●キャザー『トロール・ガーデン』〔米〕●バーナード・ショー「人と超人」初演〔英〕●チェスタトン『異端者の群れ』〔英〕●アインシュタイン、光量子仮説、ブラウン運動の理論、特殊相対性理論を提出〔瑞〕●ラミュ『アリーヌ』〔瑞〕●ブルクハルト『世界史的考察』〔瑞〕●マリネッティ、ミラノで詩誌「ポエジーア」を創刊（〜〇九）〔伊〕●ダヌンツィオ『覆われたる灯』〔伊〕●アソリン『村々』、『ドンキホーテの通った道』〔西〕●ドールス『イシドロ・ノネルの死』、『語録』（〜三五）〔西〕●リルケ『時禱詩集』〔墺〕●フロイト『性欲論三篇』〔墺〕●A・ワールブルク、ハンブルクに〈ワールブルク文庫〉を創設〔独〕●T・マン『フィオレンツァ』〔独〕●モルゲンシュテルン『絞首台の歌』〔独〕●シェンキェーヴィチ、ノーベル文学賞受賞〔ポーランド〕●ヘイデンスタム『フォルクング王家の系図』（〜〇七）〔スウェーデン〕●夏目漱石『吾輩は猫である』〔日〕●上田敏訳詩集『海潮音』〔日〕

一九〇六年　▼イギリスの労働代表委員会、労働党と改称〔英〕●ロンドン『白い牙』〔米〕●ビアス『冷笑家用語集』（一一年、『悪魔の辞典』に改題）〔米〕●ゴールズワージー『財産家』〔英〕●ロマン・ロラン『ミケランジェロ』〔仏〕●J・ロマン『更生の町』〔仏〕●クローデル『真昼に分かつ』〔仏〕●シュピッテラー『イマーゴ』〔瑞〕●カルドゥッチ、ノーベル文学賞受賞〔伊〕●クローチェ『純粋概念の科学としての論理学』〔伊〕●ダヌンツィオ『愛にもまして』〔伊〕●ガニベ『スペインの将来』〔西〕●ムージル『寄宿者テルレスの惑い』〔墺〕●ヘッセ『車輪の下』〔独〕●モルゲンシュテルン『メランコリー』〔独〕●H・バング『祖国のない人々』〔デンマーク〕●ビョルンソン『マリイ』〔ノルウェー〕●ターレボフ『人生の諸問題』〔イラン〕●島崎藤村『破戒』〔日〕●内田魯庵訳トルストイ『復活』〔日〕

一九〇七年［二十七歳］

最初の戯曲「偉大な領主 *A nagy fejedelem* (*The Great Prince*)」がタイラ劇団によって上演された。

▼第二回ハーグ平和会議●ロンドン『道』〔米〕●W・ジェイムズ『プラグマティズム』〔米〕●キップリング、ノーベル文学賞受賞〔英〕●コンラッド『密偵』〔英〕●シング「西海の伊達者」初演〔英〕●グラッセ社設立〔仏〕●ベルクソン『創造的進化』〔仏〕●クローデル『東方の認識』、『詩法』〔仏〕●コレット『感傷的な隠れ住まい』〔仏〕●デュアメル『伝説、戦闘』〔仏〕●ピカソ《アヴィニヨンの娘たち》〔西〕●A・マチャード『孤独、回廊、その他の詩』〔西〕●バリェ＝インクラン『紋章の鷲』〔西〕●リルケ『新詩集』（～〇八）〔墺〕●S・ゲオルゲ『第七の輪』〔独〕●ストリンドベリ『青の書』（～一二）〔スウェーデン〕●M・アスエラ『マリア・ルイサ』〔メキシコ〕●夏目漱石『文学論』〔日〕

一九〇八年〔二十八歳〕

二作目の「感謝せる後継者 *A hálás utókor* (*The Grateful Posterity*)」はハンガリー国立劇場で上演され、ハンガリー科学アカデミーの、毎年最優秀戯曲に与えられるヴォジニッツ賞を受賞した。

▼ブルガリア独立宣言〔ブルガリア〕●ロンドン『鉄の踵』〔米〕●モンゴメリー『赤毛のアン』〔カナダ〕●A・ベネット『老妻物語』〔英〕●チェスタトン『正統とは何か』、『木曜日の男』〔英〕●ガストン・ガリマール、ジッドと文学雑誌「NRF」(新フランス評論)を創刊(翌年、再出発)〔仏〕●J・ロマン『一体生活』〔仏〕●ラルボー『富裕な好事家の詩』〔仏〕●プレッツォリーニ、文化・思想誌「ヴォーチェ」を創刊(〜一六)〔伊〕●クローチェ『実践の哲学——経済学と倫理学』〔伊〕●バリェ゠インクラン『狼の歌』〔西〕●ヒメネス『孤独の響き』〔西〕●G・ミロー『流浪の民』〔西〕●K・クラウス『モラルと犯罪』〔墺〕●シュニッツラー『自由への途』〔墺〕●オイケン、ノーベル文学賞受賞〔独〕●ヘイデンスタム『スウェーデン人とその指導者たち』(〜一〇)〔スウェーデン〕

一九〇九年〔二十九歳〕

「颱風(タイフーン) *Taifun* (*Typhoon*)」が上演され、世界的成功を収める。

▼モロッコで反乱、バルセロナでモロッコ戦争に反対するゼネスト拡大「悲劇の一週間」、軍による鎮圧〔西〕●スタイン『三人の女』〔米〕●ロンドン『マーティン・イーデン』〔米〕●ウェルズ『トノ・バンゲイ』〔英〕●ジッド『狭き門』〔仏〕●コレット『気ままな生娘』〔仏〕●マリネッティ、パリ「フィガロ」紙に『未来派宣言』(仏語)を発表〔伊〕●バロハ『向こう見ずなサラカ

イン』［西］●リルケ『鎮魂歌』［墺］●T・マン『大公殿下』［独］●ラーゲルレーヴ、ノーベル文学賞受賞［スウェーデン］●ストリンドベリ『大街道』［スウェーデン］●M・アスエラ『毒草』［メキシコ］

一九一〇年　▼ポルトガル革命［ポルトガル］▼メキシコ革命［メキシコ］▼大逆事件［日］●ルカーチ『魂と形式』［ハンガリー］●バーネット『秘密の花園』［米］●ロンドン『革命、その他の評論』［米］●ウェルズ『ポリー氏』［英］●E・M・フォースター『ハワーズ・エンド』［英］●A・ベネット『クレイハンガー』［英］●アポリネール『異端教祖株式会社』［仏］●クローデル『五大賛歌』［仏］●ボッチョーニほか『絵画宣言』［伊］●ダヌンツィオ『可なり哉、不可なり哉』［伊］●G・ミロー『墓地の桜桃』［西］●K・クラウス『万里の長城』［墺］●リルケ『マルテの手記』［墺］●ハイゼ、ノーベル文学賞受賞［独］●クラーゲス『性格学の基礎』［独］●モルゲンシュテルン『パルムシュトレーム』［独］●ヌーシッチ『世界漫遊記』［セルビア］●フレーブニコフら〈立体未来派〉結成［露］●A・レィエス『美学的諸問題』［メキシコ］●谷崎潤一郎『刺青』［日］

一九一一年　▼イタリア・トルコ戦争［伊・土］●ロンドン『スナーク号航海記』［米］●ドライサー『ジェニー・ゲアハート』［米］●ウェルズ『新マキアベリ』［英］●A・ベネット『ヒルダ・レスウェイズ』［英］●コンラッド『西欧の目の下に』［英］●チェスタトン『ブラウン神父物語』（～三五）［英］●ビアボーム『ズーレイカ・ドブスン』［英］●ロマン・ロラン『トルストイ』［仏］●J・ロマン『ある男の死』［仏］●ジャリ『フォーストロール博士の言行録』［仏］●ラルボー『フェルミナ・マルケス』［仏］●メーテルランク、ノーベル文学賞受賞［白］●プラテッラ『音楽宣言』［伊］●ダヌンツィオ『聖セバスティアンの殉教』［伊］●バッケッリ『ルドヴィーコ・クローの不思議の糸』［伊］●バロハ『知恵の木』［西］●S・ツヴァイク『最初の体験』［墺］●ホフマンスタール『イェーダーマン』、『ばらの騎士』［墺］●**M・ブロート『ユダヤの女たち』**［独］●フッサール『厳密な学としての哲学』［独］

●セヴェリャーニンら〈自我未来派〉結成［露］●アレクセイ・N・トルストイ『変わり者たち』［露］●M・アスエラ『マデーロ派、アンドレス・ペレス』［メキシコ］●島村抱月訳イプセン『人形の家』［日］

一九一二年

▼中華民国成立［中］●キャザー『アレグザンダーの橋』［米］●W・ジェイムズ『根本的経験論』［米］●コンラッド『運命』［英］

●ストレイチー『フランス文学道しるべ』［英］●フランス『神々は渇く』［仏］●リヴィエール『エチュード』［仏］●サンドラール『ニューヨークの復活祭』［瑞］●ボッチョーニ『彫刻宣言』［伊］●マリネッティ『文学技術宣言』［伊］●ダヌンツィオ『ピザネル』、『死の瞑想』［伊］●チェッキ『ジョヴァンニ・パスコリの詩』［伊］●A・マチャード『カスティーリャの野』［西］●アソリン『カスティーリャ』［西］●バリェ゠インクラン『勲の声』［西］●シュニッツラー『ベルンハルディ教授』［墺］●G・ハウプトマン、ノーベル文学賞受賞［独］●T・マン『ヴェネツィア客死』［独］●M・ブロート『アーノルト・ベーア』［独］

●ラキッチ『新詩集』［セルビア］●アレクセイ・N・トルストイ『足の不自由な公爵』［露］●ウイドブロ『魂のこだま』［チリ］

●石川啄木『悲しき玩具』［日］

一九一三年［三十三歳］

ロンドンでローレンス・アーヴィングが「颱風」を上演し大ヒットする。ドイツの演劇界でエルンスト・ルビッチと知り合う。

▼マデーロ大統領、暗殺される［メキシコ］●ルカーチ『美的文化』［ハンガリー］●ニューヨーク、グランドセントラル駅竣工［米］

●ロンドン『ジョン・バーリコーン』［米］●キャザー『おゝ開拓者よ！』［米］●ウォートン『国の慣習』［米］●フロスト『第一詩集』

［米］●ロレンス『息子と恋人』［英］●リヴィエール『冒険小説論』［仏］●J・ロマン『仲間』［仏］●マルタン・デュ・ガール『ジャン・バロワ』［仏］●アラン＝フルニエ『モーヌの大将』［仏］●プルースト『失われた時を求めて』（〜二七）［仏］●コクトー『ポトマック』（〜一九）［仏］●アポリネール『アルコール』、『立体派の画家たち』［仏］●ラルボー『A・O・バルナブース全集』［仏］●サンドラール「シベリア鉄道とフランス少女ジャンヌの散文」（『全世界より』）［瑞］●ラミュ『サミュエル・ブレの生涯』［瑞］●ルッソロ『騒音芸術』［伊］●パピーニ、ソッフィチと「ラチェルバ」を創刊（〜一五）［伊］●アソリン『古典作家と現代作家』［西］●バローハ『ある活動家の回想記』（〜三五）［西］●バリェ＝インクラン『侯爵夫人ロサリンダ』［西］●シュニッツラー『ベアーテ夫人とその息子』［墺］●クラーゲス『表現運動と造形力』、『人間と大地』［独］●ヤスパース『精神病理学総論』［独］●フッサール『イデーン』（第一巻）［独］●フォスラー『言語発展に反映したフランス文化』［独］●カフカ『観察』、『火夫』、『判決』［独］●デーブリーン『タンポポ殺し』［独］●トラークル『詩集』［独］●シェーアバルト『小惑星物語』［独］●シェルシェネーヴィチ、未来派グループ〈詩の中二階〉を創始［露］●マンデリシターム『石』［露］●マヤコフスキー『ウラジーミル・マヤコフスキー』［露］●ベールイ『ペテルブルグ』（〜一四）［露］●ウイドブロ『夜の歌』『沈黙の洞窟』［チリ］●タゴール、ノーベル文学賞受賞［印］

一九一四年［三十四歳］

第一次世界大戦中には、新聞「夕方 *Az Est* (*The Evening*)」の特派員としてスイスへ派遣される。「颱風」は早川雪洲が主演して米国でレジナルド・バーカー監督により映画化された。

▼サライェヴォ事件、第一次世界大戦勃発（〜一八）［欧］▼大戦への不参加表明［西］●スタイン『やさしいボタン』［米］

●ノリス『ヴァンドーヴァーと野獣』〔米〕●ウェルズ『解放された世界』〔英〕●J＝A・ノー『かもめを追って』〔仏〕●ジッド『法王庁の抜穴』〔仏〕●ルーセル『ロクス・ソルス』〔仏〕●**ラミュ『詩人の訪れ』**、**『存在理由』**、**「セザンヌの例」**〔瑞〕●ルッソロ『騒音芸術』〔伊〕●サンテリーア『建築宣言』〔伊〕●オルテガ・イ・ガセー『ドン・キホーテをめぐる省察』〔西〕●ヒメネス『プラテロとわたし』〔西〕●ゴメス・デ・ラ・セルナ『グレーゲリアス』、『あり得ない博士』〔西〕●ベッヒャー『滅亡と勝利』〔独〕●ジョイス『ダブリンの市民』〔愛〕●ガルベス『模範的な女教師』〔アルゼンチン〕●夏目漱石『こころ』〔日〕

一九一五年

▼ルシタニア号事件〔欧〕●キャザー『ヒバリのうた』〔米〕●コンラッド『勝利』〔英〕●V・ウルフ『船出』〔英〕●F・フォード『善良な兵士』〔英〕●ロマン・ロラン、ノーベル文学賞受賞〔仏〕●ルヴェルディ『散文詩集』〔仏〕●ヴェルフリン『美術史の基礎概念』〔瑞〕●アソリン『古典の周辺』〔西〕●カフカ『変身』〔独〕●デーブリーン『ヴァン・ルンの三つの跳躍』（クライスト賞、フォンターネ賞受賞）〔独〕●T・マン『フリードリヒと大同盟』〔独〕●クラーゲス『精神と生命』〔独〕●ヤコブソン、ボガトゥイリョーフら〈モスクワ言語学サークル〉を結成（～二四）〔露〕●ウイドブロ『秘密の仏塔』〔チリ〕●グイラルデス『死と血の物語』、『水晶の鈴』〔アルゼンチン〕●芥川龍之介『羅生門』〔日〕

一九一六年〔三十六歳〕

パントマイム劇「中国の不思議な役人 *A csodálatos mandarin*（*The Miraculous Mandarin*）」を発表。

▼スパルタクス団結成〔独〕●ルカーチ『小説の理論』〔ハンガリー〕●S・アンダーソン『ウィンディ・マクファーソンの息子』〔米〕●O・ハックスリー『燃える車』〔英〕●A・ベネット『この二人』〔英〕●文芸誌「シック」創刊（～一九）〔仏〕●サンドラー

ル『ルクセンブルクでの戦争』［瑞］●ダヌンツィオ『夜想譜』［伊］●ウンガレッティ『埋もれた港』［伊］●パルド＝バサン、マドリード中央大学教授に就任［西］●文芸誌「セルバンテス」創刊（〜二〇）［西］●バリェ＝インクラン『不思議なランプ』［西］●G・ミロー『キリスト受難模様』［西］●クラーゲス『筆跡と性格』、『人格の概念』［独］●カフカ『判決』［独］●ヘイデンスタム、ノーベル文学賞受賞［スウェーデン］●ジョイス『若い芸術家の肖像』［愛］●ペテルブルクで〈オポヤーズ〉（詩的言語研究会）設立［露］●M・アスエラ『虐げられし人々』［メキシコ］●ウイドブロ、ブエノスアイレスで創造主義宣言［チリ］●ガルベス『形而上的悪』［アルゼンチン］

一九一七年［三十七歳］

ジェロ・リディア（二十二歳）と結婚（レンジェル・リディア）。

▼十月革命［露］●ピュリッツァー賞創設［米］●V・ウルフ『二つの短編小説』［英］●ピカビア、芸術誌「391」創刊［仏］●ルヴェルディ、文芸誌「ノール＝シュド」創刊（〜一九）［仏］●ヴァレリー『若きパルク』［仏］●サンドラール『奥深い今日』［瑞］●ラミュ『大いなる春』［瑞］●**ウナムーノ『アベル・サンチェス』**［西］●G・ミロー『シグエンサの書』［西］●ヒメネス『新婚詩人の日記』［西］●芸術誌「デ・ステイル」創刊（〜二八）［蘭］●S・ツヴァイク『エレミヤ』［墺］●フロイト『精神分析入門』［墺］●モーリッツ『炬火』［ハンガリー］●クルレジャ『牧神パン』、『三つの交響曲』［クロアチア］●ゲーラロップ、ポントピダン、ノーベル文学賞受賞［デンマーク］●レーニン『国家と革命』［露］●A・レィエス『アナウァック幻想』［メキシコ］●M・アスエラ『ボスたち』［メキシコ］●フリオ・モリーナ・ヌニェス、フアン・アグスティン・アラーヤ編『叙情の密林』［チリ］●グイ

ラルデス『ラウチョ』〔アルゼンチン〕●バーラティ『クリシュナの歌』〔印〕

一九一八年

▼「セルビア人・クロアチア人・スロヴェニア人」王国の建国宣言〔東欧〕▼スペイン風邪が大流行、カタルーニャとガリシアで地域主義運動激化、アンダルシアで農民運動拡大〔西〕●ルカーチ『バラージュと彼を必要とせぬ人々』〔ハンガリー〕●キャザー『マイ・アントニーア』〔米〕●O・ハックスリー『青春の敗北』〔英〕●E・シットウェル『道化の家』〔英〕●W・ルイス『ター』〔英〕●ストレイチー『著名なヴィクトリア朝人たち』〔英〕●ラルボー『幼ごころ』〔仏〕●アポリネール『カリグラム』、『新精神と詩人たち』〔仏〕●**ルヴェルディ『屋根のスレート』**、**『眠れるギター』**〔仏〕●デュアメル『文明』（ゴンクール賞受賞）〔仏〕●サンドラール『パナマあるいは七人の伯父の冒険』、『殺しの記』〔瑞〕●ラミュ「兵士の物語」（ストラヴィンスキーのオペラ台本）〔瑞〕●文芸誌「グレシア」創刊（～二〇）〔西〕●ヒメネス『永遠』〔西〕●シュピッツァー『ロマンス語の統辞法と文体論』〔墺〕●K・クラウス『人類最後の日々』（～一九）〔墺〕●シュニッツラー『カサノヴァの帰還』〔墺〕●**デーブリーン『ヴァツェクの蒸気タービンとの戦い』**〔独〕●T・マン『非政治的人間の考察』〔独〕●H・マン『臣下』〔独〕●ジョイス『亡命者たち』〔愛〕●**アンドリッチ**、「南方文芸」誌を創刊（～一九）、**『エクスポント（黒海より）』**〔セルビア〕●M・アスエラ『蝿』〔メキシコ〕●魯迅『狂人日記』〔中〕

一九一九年〔三十九歳〕

長男トマス生まれる。

▼パリ講和会議〔欧〕▼ストライキが頻発、マドリードでメトロ開通〔西〕▼ワイマール憲法発布〔独〕▼第三インターナショナル（コミンテルン）成立〔露〕▼ギリシア・トルコ戦争〔希・土〕●S・アンダーソン『ワインズバーグ・オハイオ』〔米〕●**コン**

ラッド『黄金の矢』〔英〕●V・ウルフ『夜と昼』、『現代小説論』〔英〕●モーム『月と六ペンス』〔英〕●ガリマール社設立〔仏〕●ブルトン、アラゴン、スーポーとダダの機関誌「文学」を創刊〔仏〕●ベルクソン『精神エネルギー』〔仏〕●ジッド『田園交響楽』〔仏〕●コクトー『パラード』〔仏〕●デュアメル『世界の占有』〔仏〕●シュピッテラー、ノーベル文学賞受賞〔瑞〕●サンドラール『弾力のある十九の詩』、『全世界より』、『世界の終わり』〔瑞〕●ローマにて文芸誌「ロンダ」創刊（〜二三）〔伊〕●バッケッリ『ハムレット』〔伊〕●文芸誌「グレシア」創刊（〜二〇）〔西〕●ヒメネス『石と空』〔西〕●ホフマンスタール『影のない女』〔墺〕●カフカ『流刑地にて』、『田舎医者』〔独〕●ヘッセ『デーミアン』〔独〕●クルツィウス『現代フランスの文学開拓者たち』〔独〕●ツルニャンスキー『イタカの抒情』〔セルビア〕●シェルシェネーヴィチ、エセーニンらと〈イマジニズム〉を結成（〜二七）〔露〕●M・アスエラ『上品な一家の苦難』〔メキシコ〕●有島武郎『或る女』〔日〕

一九二〇年

▼国際連盟発足〔欧〕●ドライサー『ヘイ、ラバダブダブ！』〔米〕●ドス・パソス『ある男の入門——一九一七年』〔米〕●D・H・ローレンス『恋する女たち』、『迷える乙女』〔英〕●ウェルズ『世界文化史大系』〔英〕●O・ハックスリー『レダ』、『リンボ』〔英〕●E・シットウェル『木製の天馬』〔英〕●クリスティ『スタイルズ荘の怪事件』〔英〕●クロフツ『樽』〔英〕●ロマン・ロラン『クレランボー』〔仏〕●コレット『シェリ』〔仏〕●デュアメル『サラヴァンの生涯と冒険』（〜三二）〔仏〕●チェッキ『金魚』〔伊〕●文芸誌「レフレクトル」創刊〔西〕●バリェ＝インクラン『ボヘミアの光』、『聖き言葉』〔西〕●デーブリーン『ヴァレンシュタイン』〔独〕●S・ツヴァイク『三人の巨匠』〔墺〕●**アンドリッチ『アリヤ・ジェルゼレズの旅』『不安』**〔セルビア〕●ハムスン、ノーベル文学賞受賞〔ノルウェー〕●アレクセイ・N・トルストイ『ニキータの少年時代』（〜二二）、『苦悩の中を行く』（〜四一）〔露〕

一九二一年［四十一歳］

米国へ渡る。

▼ワシントン会議開催［欧・米］▼ファシスト党成立［伊］▼モロッコで、部族反乱に対しスペイン軍敗北［西］●コストラーニ『血の詩人』［ハンガリー］●S・アンダーソン『卵の勝利』［米］●ドス・パソス『三人の兵隊』［米］●V・ウルフ『月曜日か火曜日』［英］●アナトール・フランス、ノーベル文学賞受賞［仏］●アラゴン『アニセまたはパノラマ』［仏］●ラルボー『恋人よ、幸せな恋人よ』［仏］●文芸誌「ウルトラ」創刊（～二二）［西］●オルテガ・イ・ガセー『無脊椎のスペイン』［西］●J・ミロ《農園》［西］●バリェ＝インクラン『ドン・フリオレラの角』［西］●G・ミロー『われらの神父聖ダニエル』［西］●S・ツヴァイク『ロマン・ロラン』［墺］●アインシュタイン、ノーベル物理学賞受賞［独］●クラーゲス『意識の本質』［独］●ハシェク『兵士シュヴェイクの冒険』（～二三）［チェコ］●ジョイス『ユリシーズ』［愛］●ツルニャンスキー『チャルノイェヴィチに関する日記』［セルビア］●ボルヘス、雑誌「ノソトロス」にウルトライスモ宣言を発表［アルゼンチン］

一九二二年［四十二歳］

『アメリカ日記 *Amerikai napló* (*American Journal*)』を刊行。ユージン・オニールと会い、ドイツに戻ってからオニールの戯曲を演出した。

▼ムッソリーニ、ローマ進軍。首相就任［伊］▼アイルランド自由国正式に成立［愛］▼スターリンが書記長に就任、ソビエ

ト連邦成立〔露〕●コストラーニ『血の詩人』〔ハンガリー〕●スタイン『地理と戯曲』〔米〕●キャザー『同志クロード』〔ピューリッァー賞受賞〕〔米〕●ドライサー『私自身に関する本』〔米〕●フィッツジェラルド『美しき呪われし者』、『ジャズ・エイジの物語』〔米〕●D・H・ローレンス『アロンの杖』、『無意識の幻想』〔英〕●E・シットウェル『ファサード』〔英〕●T・S・エリオット『荒地』〔英〕●ロマン・ロラン『魅せられた魂』(〜三三)〔仏〕●マルタン・デュ・ガール『チボー家の人々』(〜四〇)〔仏〕●モラン『夜ひらく』〔仏〕●J・ロマン『リュシエンヌ』〔仏〕●コレット『クローディーヌの家』〔仏〕●アソリン『ドン・フアン』〔西〕●クラーゲス『宇宙創造的エロス』〔独〕●S・ツヴァイク『アモク』〔墺〕●T・マン『ドイツ共和国について』〔独〕●ヘッセ『シッダールタ』〔独〕●カロッサ『幼年時代』〔独〕●ジョイス『ユリシーズ』〔愛〕●アレクセイ・N・トルストイ『アエリータ』(〜二三)〔露〕●ボルヘス『ブエノスアイレスの熱狂』〔アルゼンチン〕

一九二三年

▼プリモ・デ・リベーラ将軍のクーデタ、独裁開始(〜三〇)〔西〕▼ミュンヘン一揆〔独〕▼マデーロ大統領、暗殺される〔メキシコ〕▼関東大震災〔日〕●ルカーチ『歴史と階級意識』〔ハンガリー〕●S・アンダーソン『馬と人間』、『多くの結婚』〔米〕●キャザー『迷える夫人』〔米〕●ハーディ『コーンウォール女王の悲劇』〔英〕●D・H・ローレンス『アメリカ古典文学研究』、『カンガルー』〔英〕●O・ハックスリー『クローム・イエロー』〔英〕●**コンラッド『放浪者』**〔英〕●J・ロマン『ル・トルーアデック氏の放蕩』〔仏〕●ラディゲ『肉体の悪魔』〔仏〕●ジッド『ドストエフスキー』〔仏〕●ラルボー『秘やかな心の声……』〔仏〕●コクトー『山師トマ』、『大胯びらき』〔仏〕●モラン『夜とざす』〔仏〕●F・モーリヤック『火の河』、『ジェニトリクス』〔仏〕●コレット『青い麦』〔仏〕●サンドラール『黒色のヴィーナス』〔瑞〕●バッケッリ『まぐろは知っている』〔伊〕●ズヴェーヴォ『ゼーノの苦悶』〔伊〕●オルテガ・イ・ガセー、「レビスタ・デ・オクシデンテ」誌を創刊〔西〕●ドールス『プラド美術館の

三時間』〔西〕●ゴメス・デ・ラ・セルナ『小説家』〔西〕●リルケ『ドゥイーノの悲歌』、『オルフォイスに寄せるソネット』〔墺〕
●カッシーラー『象徴形式の哲学』（〜二九）〔独〕●M・アスエラ『不運』〔メキシコ〕●グイラルデス『ハイマカ』〔アルゼンチン〕
●バーラティ『郭公の歌』〔インド〕●菊池寛、「文芸春秋」を創刊〔日〕

一九二四年〔四十四歳〕

再度米国に渡る。ハンガリーの作曲家バルトーク・ベラが《中国の不思議な役人》をバレエ音楽として作曲する。

▼中国、第一次国共合作〔中〕●バラージュ『視覚的人間』〔ハンガリー〕●ヘミングウェイ『われらの時代に』〔米〕●スタイン『アメリカ人の創生』〔米〕●オニール『楡の木陰の欲望』〔米〕●E・M・フォースター『インドへの道』〔英〕●I・A・リチャーズ『文芸批評の原理』〔英〕●M・モース『贈与論』〔仏〕●ブルトン『シュルレアリスム宣言』、雑誌『シュルレアリスム革命』創刊（〜二九）〔仏〕●ラディゲ『ドルジェル伯の舞踏会』〔仏〕●サンドラール『コダック』〔瑞〕●ダヌンツィオ『鎚の火花』（〜二八）〔伊〕●A・マチャード『新しい詩』〔西〕●ムージル『三人の女』〔墺〕●シュニッツラー『令嬢エルゼ』〔墺〕●デーブリーン『山・海・巨人』〔独〕●T・マン『魔の山』〔独〕●カロッサ『ルーマニア日記』〔独〕●ベンヤミン『ゲーテの親和力』（〜二五）〔独〕●ネズヴァル『パントマイム』〔チェコ〕●ヌーシッチ『自叙伝』〔セルビア〕●**アンドリッチ『短編小説集』**〔セルビア〕●アレクセイ・N・トルストイ『イビクス、あるいはネヴゾーロフの冒険』〔露〕●トゥイニャーノフ『詩の言葉の問題』〔露〕●A・レィエス『残忍なイピゲネイア』〔メキシコ〕

一九二五年

▼ロカルノ条約調印〔欧〕●S・アンダーソン『黒い笑い』〔米〕●キャザー『教授の家』〔米〕●ドライサー『アメリカの悲劇』〔米〕

●ドス・パソス『マンハッタン乗換駅』〔米〕●フィッツジェラルド『偉大なギャツビー』〔米〕●**コンラッド『サスペンス』**〔英〕●V・ウルフ『ダロウェイ夫人』〔英〕●O・ハックスリー『くだらぬ本』〔英〕●クロフツ『フレンチ警部最大の事件』〔英〕●R・ノックス『陸橋殺人事件』〔英〕●H・リード『退却』〔英〕●ラルボー『罰せられざる悪徳・読書——英語の領域』〔仏〕●F・モーリヤック『愛の砂漠』〔仏〕●サンドラール『黄金』〔瑞〕●ラミュ『天の喜び』〔瑞〕●モンターレ『烏賊の骨』〔伊〕●アソリン『ドニャ・イネス』〔西〕●オルテガ・イ・ガセー『芸術の非人間化』〔西〕●カフカ『審判』〔独〕●ツックマイアー『楽しきぶどう山』〔独〕●クルツィウス『現代ヨーロッパにおけるフランス精神』〔独〕●フォスラー『言語における精神と文化』〔独〕●フロンスキー『故郷』、『クレムニツァ物語』〔スロヴァキア〕●アレクセイ・N・トルストイ『五人同盟』〔露〕●シクロフスキー『散文の理論』〔露〕●M・アスエラ『償い』〔メキシコ〕●ボルヘス『正面の月』〔アルゼンチン〕●梶井基次郎『檸檬』〔日〕

一九二六年

▼ポアンカレの挙国一致内閣成立〔仏〕▼モロッコとの戦争終結〔西〕▼ドイツ、国際連盟に加入〔独〕●コストラーニ『エーデシュ・アンナ』〔ハンガリー〕●ヘミングウェイ『日はまた昇る』〔米〕●キャザー『不倶戴天の敵』〔米〕●フォークナー『兵士の報酬』〔米〕●ナボコフ『マーシェンカ』〔米〕●オニール『偉大な神ブラウン』初演〔米〕●D・H・ローレンス『翼ある蛇』〔英〕●クリスティ『アクロイド殺人事件』〔英〕●ジッド『一粒の麦もし死なずば』、『贋金つかい』〔仏〕●アラゴン『パリの農夫』〔仏〕●マルロー『西欧の誘惑』〔仏〕●コレット『シェリの最後』〔仏〕●サンドラール『モラヴァジーヌ』、『危険な生活讃』、『映画入門』〔瑞〕●ラミュ『山の大いなる恐怖』〔瑞〕●フィレンツェのパレンティ社、文芸誌「ソラーリア」を発刊（～三四）〔伊〕●**バリェ=インクラン『故人の三つ揃い』、『独裁者ティラン・バンデラス——灼熱の地の小説』**〔西〕●G・ミロー『ハンセン病の司教』〔西〕●ゴメス・デ・ラ・セルナ『闘牛士カラーチョ』〔西〕●シュニッツラー『夢の物語』〔墺〕●カフカ『城』〔独〕

●ヤーコブソン、マテジウスらと〈プラハ言語学サークル〉を創設〔チェコ〕●バーベリ『騎兵隊』〔露〕

一九二七年〔四十七歳〕

ベルリンで映画のストーリー作成に従事。「有名な女 *The Famous Woman*」がドイツで映画化される。ドイツ映画「ジプシー男爵」の脚本に参加。

▼金融恐慌はじまる〔日〕●ヘミングウェイ『女のいない男たち』〔米〕●キャザー『大司教に死来る』〔米〕●フォークナー『蚊』〔米〕●V・ウルフ『灯台へ』〔英〕●リース『左岸、ボヘミアン風のパリのスケッチ』〔英〕●ベルクソン、ノーベル文学賞受賞〔仏〕●モラン『生きている仏陀』〔仏〕●ボーヴ『あるかなしかの町』〔仏〕●ギユー『民衆の家』〔仏〕●ラルボー『黄・青・白』〔仏〕●F・モーリヤック『テレーズ・デスケルー』〔仏〕●クローデル『百扇帖』、『朝日のなかの黒鳥』〔仏〕●コクトー『オルフェ』〔仏〕●ルヴェルディ『毛皮の手袋』〔仏〕●サンドラール『プラン・ド・レギュイユ』〔瑞〕●バッケッリ『ポンテルンゴの悪魔』〔伊〕●パオロ・ヴィタ＝フィンツィ『偽書撰』〔伊〕●「一九二七年世代」と呼ばれる作家グループ、活動活発化〔西〕●バリェ＝インクラン『奇跡の宮廷』、『大尉の娘』〔西〕●S・ツヴァイク『感情の惑乱』、『人類の星の時間』〔墺〕●ロート『果てしなき逃走』〔墺〕●カフカ『アメリカ』〔独〕●ヘッセ『荒野の狼』〔独〕●ハイデガー『存在と時間』〔独〕●マクシモヴィッチ『幼年時代の園』〔セルビア〕●フロンスキー『クロコチの黄色い家』〔スロヴァキア〕●アレクセイ・N・トルストイ『技師ガーリンの双曲面体』〔露〕●A・レィエス『ゴンゴラに関する諸問題』〔メキシコ〕●グイラルデス『小径』〔アルゼンチン〕

一九二八年

▼第一次五カ年計画を開始〔露〕▼大統領選に勝ったオブレゴンが暗殺〔メキシコ〕●CIAM（近代建築国際会議）開催（～五九）〔欧〕

●オニール「奇妙な幕間狂言」初演〔米〕●D・H・ローレンス『チャタレイ夫人の恋人』〔英〕●ヴァン・ダイン『探偵小説二十則』、『グリーン家殺人事件』〔米〕●ナボコフ『キング、クィーンそしてジャック』〔米〕●V・ウルフ『オーランドー』〔英〕●**O・ハックスリー『対位法』**〔英〕●R・ノックス『ノックスの十戒』〔英〕●リース『ポーズ』〔英〕●ブルトン『ナジャ』、『シュルレアリスムと絵画』〔仏〕●J・ロマン『肉体の神』〔仏〕●マルロー『征服者』〔仏〕●クローデル『繻子の靴』（～二九）〔仏〕●サン＝テグジュペリ『南方郵便機』〔仏〕●モラン『黒魔術』〔仏〕●バタイユ『眼球譚』〔仏〕●バシュラール『近似的認識に関する詩論』〔仏〕●サンドラール『白人の子供のための黒人のお話』〔瑞〕●ラミュ『地上の美』〔瑞〕●マンツィーニ『魅せられた時代』〔伊〕●バリェ＝インクラン『御主人、万歳』〔西〕●G・ミロー『歳月と地の隔たり』〔西〕●シュピッツァー『文体研究』〔墺〕●シュニッツラー『テレーゼ』〔墺〕●クラーゲス『性格学の基礎』〔独〕●フッサール『内的時間意識の現象学』〔独〕●ベンヤミン『ドイツ悲劇の根源』〔独〕●S・ゲオルゲ『新しい国』〔独〕●E・ケストナー『エーミルと探偵団』〔独〕●ブレヒト「三文オペラ」初演〔独〕●ウンセット、ノーベル文学賞受賞〔ノルウェー〕●アレクセイ・N・トルストイ『まむし』〔露〕●ショーロホフ『静かなドン』〔露〕●グスマン『鷲と蛇』〔メキシコ〕●ガルベス『パラグアイ戦争の情景』（～二九）〔アルゼンチン〕

一九二九年〔四十九歳〕

翌年にかけてブダペストの劇場の主任演出家を務める。長女アン生まれる。

▼世界大恐慌●ヘミングウェイ『武器よさらば』〔米〕●フォークナー『響きと怒り』、『サートリス』〔米〕●ヴァン・ダイン『僧正殺人事件』〔米〕●ナボコフ『チョールブの帰還』〔米〕●D・H・ローレンス『死んだ男』〔英〕●E・シットウェル『黄金海

岸の習わし』〔英〕●H・グリーン『生きる』〔英〕●学術誌「ドキュマン」創刊（編集長バタイユ、〜三〇）〔仏〕●J・ロマン『船が……』〔仏〕●ジッド『女の学校』（〜三六）〔仏〕●コクトー『恐るべき子供たち』〔仏〕●ルヴェルディ『風の泉』、『ガラスの水たまり』〔仏〕●ダビ『北ホテル』〔仏〕●ユルスナール『アレクシあるいは空しい戦いについて』〔仏〕●コレット『第二の女』〔仏〕●**ラミュ『ベルナール・グラッセへの手紙』**、『葡萄栽培者たちの祭』〔瑞〕●モラーヴィア『無関心な人々』〔伊〕●ゴメス・デ・ラ・セルナ『人間もどき』〔西〕●リルケ『若き詩人への手紙』〔墺〕●**S・ツヴァイク『過去への旅』**、『ジョゼフ・フーシェ』〔墺〕●デーブリーン『ベルリン・アレクサンダー広場』〔独〕●レマルク『西部戦線異状なし』〔独〕●アウエルバッハ『世俗詩人ダンテ』〔独〕●クラーゲス『心情の敵対者としての精神』（〜三三）〔独〕●アンドリッチ『ゴヤ』〔セルビア〕●ツルニャンスキー『流浪』（第一巻）〔セルビア〕●フロンスキー『蜜の心』〔スロヴァキア〕●アレクセイ・N・トルストイ『ピョートル一世』（〜四五）〔露〕●ショーロホフ『静かなドン』（〜四〇）〔露〕●ヤシェンスキ『パリを焼く』〔露〕●**グスマン『ボスの影』**〔メキシコ〕●ガジェゴス『ドニャ・バルバラ』〔ベネズエラ〕●ボルヘス『サン・マルティンの手帖』〔アルゼンチン〕●小林多喜二『蟹工船』〔日〕

一九三〇年

▼ロンドン海軍軍縮会議〔英・米・仏・伊・日〕▼プリモ・デ・リベーラ辞任。ベレンゲール将軍の「やわらかい独裁」開始〔西〕●S・ルイス、ノーベル文学賞受賞〔米〕●フォークナー『死の床に横たわりて』〔米〕●ドス・パソス『北緯四十二度線』〔米〕●マクリーシュ『新天地』〔米〕●ハメット『マルタの鷹』〔米〕●ナボコフ『ルージンの防御』〔米〕●H・クレイン『橋』〔米〕●D・H・ローレンス『黙示録論』〔英〕●**セイヤーズ『ストロング・ポイズン』**〔英〕●E・シットウェル『アレグザンダー・ポープ』〔英〕●W・エンプソン『曖昧の七つの型』〔英〕●カワード『私生活』〔英〕●リース『マッケンジー氏と別れてから』〔英〕●コクトー『阿片』〔仏〕●マルロー『王道』〔仏〕●コレット『シド』〔仏〕●サンドラール『ラム』〔瑞〕●アルヴァーロ『アスプロ

モンテの人々』〔伊〕●シローネ『フォンタマーラ』〔伊〕●プラーツ『肉体と死と悪魔』〔伊〕●オルテガ・イ・ガセー『大衆の反逆』〔西〕●A・マチャード、M・マチャード『ラ・ロラは港へ』〔西〕●ムージル『特性のない男』（～四三、五二）〔墺〕●ヘッセ『ナルチスとゴルトムント』〔独〕●T・マン『マーリオと魔術師』〔独〕●クルツィウス『フランス文化論』〔独〕●**アイスネル『恋人たち』**〔チェコ〕●エリアーデ『イサベルと悪魔の水』〔ルーマニア〕●マクシモヴィッチ『緑の騎士』〔セルビア〕●フロンスキー『勇敢な子ウサギ』〔スロヴァキア〕●T・クリステンセン『打っ壊し』〔デンマーク〕●ブーニン『アルセーニエフの生涯』〔露〕●アストゥリアス『グアテマラ伝説集』〔グアテマラ〕●ボルヘス『エバリスト・カリエゴ』〔アルゼンチン〕

一九三一年［五十一歳］

新聞「ペスト・ジャーナル *Pesti Napló*(*Pest Journal*)」からロンドンに派遣される。ユートピア小説『幸福な都市 *A boldog város* (*The Happy City*)』を発表。カリフォルニアの地震でできた地割れの中の都市を描いた。

▼金本位制停止。ウェストミンスター憲章を可決、イギリス連邦成立〔英〕▼スペイン革命、共和政成立〔西〕●キャザー『岩の上の影』〔米〕●フォークナー『サンクチュアリ』〔米〕●ドライサー『悲劇のアメリカ』〔米〕●オニール「喪服の似合うエレクトラ」初演〔米〕●フィッツジェラルド『バビロン再訪』〔米〕●E・ウィルソン『アクセルの城』〔米〕●V・ウルフ『波』〔英〕●H・リード『芸術の意味』〔英〕●デュジャルダン『内的独白』〔仏〕●ニザン『アデン・アラビア』〔仏〕●ギユー『仲間たち』〔仏〕●サン＝テグジュペリ『夜間飛行』（フェミナ賞受賞）〔仏〕●ダビ『プチ・ルイ』〔仏〕●**ルヴェルディ『白い石』**〔仏〕●**G・ルブラン『回想』**〔仏〕●サンドラール『今日』〔瑞〕●ケストナー『ファビアン』、『点子ちゃんとアントン』、『五月三十五日』〔独〕●H・

ブロッホ『夢遊の人々』(～三二)〔独〕●ツックマイアー『ケーペニックの大尉』〔独〕●ヌーシッチ『大臣夫人』〔セルビア〕●**アンドリッチ『短編小説集二』**〔セルビア〕●フロンスキー『パン』〔スロヴァキア〕●カールフェルト、ノーベル文学賞受賞〔スウェーデン〕●ボウエン『友人と親戚』〔愛〕●バーベリ『オデッサ物語』〔露〕●アグノン『嫁入り』〔イスラエル〕●ヘジャーズィー『ズィーバー』〔イラン〕

一九三二年

▼ジュネーブ軍縮会議〔米・英・日〕▼イエズス会に解散命令、離婚法・カタルーニャ自治権章・農地改革法成立〔西〕▼総選挙でナチス第一党に〔独〕●ヘミングウェイ『午後の死』〔米〕●マクリーシュ『征服者』(ピュリッツァー賞受賞)〔米〕●ドス・パソス『一九一九年』〔米〕●**キャザー『名もなき人びと』**〔米〕●フォークナー『八月の光』〔米〕●フィッツジェラルド『ワルツは私と』〔米〕●O・ハックスリー『すばらしい新世界』〔英〕●H・リード『現代詩の形式』〔英〕●ベルクソン『道徳と宗教の二源泉』〔仏〕●J・ロマン『善意の人びと』(～四七)〔仏〕●F・モーリヤック『蝮のからみあい』〔仏〕●セリーヌ『夜の果てへの旅』〔仏〕●ブニュエル《糧なき土地》〔西〕●S・ツヴァイク『マリー・アントワネット』〔墺〕●ホフマンスタール『アンドレアス』〔墺〕●ロート『ラデツキー行進曲』〔墺〕●クルツィウス『危機に立つドイツ精神』〔独〕●クルレジャ『フィリップ・ラティノヴィチの帰還』〔クロアチア〕●ドゥーチッチ『都市とキマイラ』〔セルビア〕●ボウエン『北方へ』〔愛〕●ヤシェンスキ『人間は皮膚を変える』(～三三)〔露〕●M・アスエラ『蛍』〔メキシコ〕●ボルヘス『論議』〔アルゼンチン〕

一九三三年

▼ニューディール諸法成立〔米〕▼ドイツ、ヒトラー内閣成立〔独〕●S・アンダーソン『森の中の死』〔米〕●ヘミングウェイ『勝者には何もやるな』〔米〕●スタイン『アリス・B・トクラス自伝』〔米〕●オニール『ああ、荒野!』〔米〕●**V・ウルフ『フラッシュ』**〔英〕●E・シットウェル『イギリス畸人伝』〔英〕●H・リード『現代の芸術』〔英〕●J・ロマン『ヨーロッパの問題』〔仏〕

●コレット『牝猫』〔仏〕●マルロー『人間の条件』（ゴンクール賞受賞）〔仏〕●クノー『はまむぎ』〔仏〕●〈プレイアード〉叢書創刊（ガリマール社）〔仏〕●J・グルニエ『孤島』〔仏〕●ロルカ『血の婚礼』〔西〕●T・マン『ヨーゼフとその兄弟たち』（〜四三）〔独〕●ケストナー『飛ぶ教室』〔独〕●クラーゲス『リズムの本質』〔独〕●ゴンブローヴィチ『成長期の手記』（五七年『バカカイ』と改題）〔ポーランド〕●エリアーデ『マイトレイ』〔ルーマニア〕●アンドリッチ『ゴヤ』〔セルビア〕●フロンスキー『ヨゼフ・マック』〔スロヴァキア〕●オフェイロン『素朴な人々の住処』〔愛〕●ブーニン、ノーベル文学賞受賞〔露〕●西脇順三郎訳『ヂオイス詩集』〔日〕

一九三四年

▼アストゥリアス地方でコミューン形成、政府軍による弾圧。カタルーニャの自治停止〔西〕▼ヒンデンブルク歿、ヒトラー総統兼首相就任〔独〕▼キーロフ暗殺事件、大粛清始まる〔露〕●フィッツジェラルド『夜はやさし』〔米〕●H・ミラー『北回帰線』〔米〕●J・M・ケイン『郵便配達は二度ベルを鳴らす』〔米〕●クリスティ『オリエント急行の殺人』〔英〕●セイヤーズ『ナイン・テイラーズ』〔英〕●**H・リード『ユニット・ワン』**〔英〕●M・アリンガム『幽霊の死』〔英〕●リース『闇の中の航海』〔英〕●アラゴン『バーゼルの鐘』〔仏〕●ユルスナール『死神が馬車を導く』、『夢の貨幣』〔仏〕●モンテルラン『独身者たち』（アカデミー文学大賞）〔仏〕●コレット『言い合い』〔仏〕●H・フォシヨン『形の生命』〔仏〕●ベルクソン『思想と動くもの』〔仏〕●バシュラール『新しい科学的精神』〔仏〕●レリス『幻のアフリカ』〔仏〕●サンドラール『ジャン・ガルモの秘密の生涯』〔瑞〕●ラミュ『デルボランス』〔瑞〕●ピランデッロ、ノーベル文学賞受賞〔伊〕●アウブ『ルイス・アルバレス・ペトレニャ』〔西〕●A・マチャード『不死鳥』、『ファン・デ・マイナーレ』〔西〕●ペソア『歴史は告げる』〔ポルトガル〕●S・ツヴァイク『エラスムスの勝利と悲劇』〔墺〕●デーブリーン『バビロン放浪』〔独〕●エリアーデ『天国からの帰還』〔ルーマニア〕●ヌーシッチ『義賊たち』〔セルビア〕●ブリクセン『七つのゴシック物語』〔デンマーク〕●A・レィエス『タラウマラの草』〔メキシコ〕●谷崎

潤一郎『文章讀本』〔日〕

一九三五年〔五十五歳〕

ナチスの台頭により、ルビッチの後を追って米国に亡命する。

▼フランス人民戦線成立〔仏〕▼フランコ、陸軍参謀長に就任。右派政権、農地改革改正法（反農地改革法）を制定〔西〕▼コミンテルン世界大会開催〔露〕●ヘミングウェイ『アフリカの緑の丘』〔米〕●フィッツジェラルド『起床ラッパが消灯ラッパ』〔米〕●マクリーシュ『恐慌』〔米〕●キャザー『ルーシー・ゲイハート』〔米〕●フォークナー『標識塔』〔米〕●アレン・レーン、〈ペンギン・ブックス〉発刊〔英〕●セイヤーズ『学寮祭の夜』〔英〕●H・リード『緑の子供』〔英〕●N・マーシュ『殺人者登場』〔英〕●ル・コルビュジエ『輝く都市』〔瑞〕●サンドラール『ヤバイ世界の展望』〔瑞〕●ラミュ『問い』〔瑞〕●**ギユー『黒い血』**〔仏〕●F・モーリヤック『夜の終り』〔仏〕●A・マチャード『フアン・デ・マイレナ』（〜三九）〔西〕●オルテガ・イ・ガセー『体系としての歴史』〔西〕●アレイクサンドレ『破壊すなわち愛』〔西〕●アロンソ『ゴンゴラの詩的言語』〔西〕●デーブリーン『情け容赦なし』〔独〕●カネッティ『眩暈』〔独〕●H・マン『アンリ四世の青春』、『アンリ四世の完成』（〜三八）〔独〕●ベンヤミン『複製技術時代の芸術作品』〔独〕●フォスラー『言語美学』〔独〕●カネッティ『眩暈』〔独〕●ヴィトリン『地の塩』（文学アカデミー金桂冠賞受賞）〔ポーランド〕●ストヤノフ『コレラ』〔ブルガリア〕●パルダン『ヨーアン・スタイン』〔デンマーク〕●ボイエ『木のために』〔スウェーデン〕●マッティンソン『イラクサの花咲く』〔スウェーデン〕●グリーグ『われらの栄光とわれらの力』〔ノルウェー〕●ボウエン『パリの家』〔愛〕●アフマートワ『レクイエム』（〜四〇）〔露〕●ボンバル『最後の霧』〔チリ〕●ボルヘス

『汚辱の世界史』［アルゼンチン］●川端康成『雪国』（〜三七）［日］

一九三六年

▼スペイン内戦勃発［西］▼二・二六事件［日］●ネーメト『罪』［ハンガリー］●オニール、ノーベル文学賞受賞［米］●H・ミラー『暗い春』［米］●ドス・パソス『ビッグ・マネー』［米］●キャザー『現実逃避』、『四十歳以下でなく』［米］●フォークナー『アブサロム、アブサロム！』［米］●J・M・ケイン『倍額保険』［米］●クリスティ『ABC殺人事件』［英］●O・ハックスリー『ガザに盲いて』［英］●M・アリンガム『判事への花束』［英］●C・S・ルイス『愛のアレゴリー』［英］●ジッド、ラスト、ギユー、エルバール、シフラン、ダビとソヴィエトを訪問［仏］●F・モーリヤック『黒い天使』［仏］●アラゴン『お屋敷町』［仏］●セリーヌ『なしくずしの死』［仏］●ユルスナール『火』［仏］●サンドラール『ハリウッド』［瑞］●ラミュ『サヴォワの少年』［瑞］●ダヌンツィオ『死を試みたガブリエーレ・ダンヌンツィオの秘密の書、一〇〇、一〇〇、一〇〇、一〇〇のページ』（アンジェロ・コクレス名義）［伊］●シローネ『パンとぶどう酒』［伊］●A・マチャード『不死鳥』、『ファン・デ・マイナーレ』［西］●ドールス『バロック論』［西］●S・ツヴァイク『カステリョ対カルヴァン』［墺］●レルネト＝ホレーニア『バッゲ男爵』［墺］●フッサール『ヨーロッパ諸科学の危機と超越論的現象学』（未完）［独］●K・チャペック『山椒魚戦争』［チェコ］●エリアーデ『クリスティナお嬢さん』［ルーマニア］●アンドリッチ『短編小説集三』（セルビア）●ラキッチ『詩集』［セルビア］●クルレジャ『ペトリツァ・ケレンプーフのバラード』［クロアチア］●ボルヘス『永遠の歴史』［アルゼンチン］

一九三七年［五十七歳］

ハリウッドに渡り、映画の脚本に参加する。自身の原作「天使 *Angyal*」が、マレーネ・ディートリヒ主演、エルンスト・ルビッチ監督で映画化される。

▼イタリア、国際連盟を脱退［伊］▼フランコ、総統に就任［西］●ヘミングウェイ『持つと持たぬと』［米］●J・M・ケイン『セレナーデ』［米］●ナボコフ『賜物』（〜三八）［米］●**V・ウルフ『歳月』**［英］●セイヤーズ『忙しい蜜月旅行』［英］●E・シットウェル『黒い太陽の下に生く』［英］●フォックス『小説と民衆』［英］●コードウェル『幻影と現実』［英］●マルロー『希望』［仏］●**ルヴェルディ『屑鉄』**［仏］●ル・コルビュジエ『伽藍が白かったとき』［瑞］●デーブリーン『死のない国』［独］●ゴンブローヴィチ『フェルディドゥルケ』［ポーランド］●エリアーデ『蛇』［ルーマニア］●ブリクセン『アフリカ農場』［デンマーク］●メアリー・コラム『伝統と始祖たち』［愛］●A・レィエス『ゲーテの政治思想』［メキシコ］●パス『お前の明るき影の下で』、『人間の根』［メキシコ］

一九三八年

▼ブルム内閣総辞職、人民戦線崩壊［仏］▼ミュンヘン会談［英・仏・伊・独］▼ドイツ、ズデーテンに進駐［東欧］●ヘミングウェイ『第五列と最初の四十九短編』［米］●E・ウィルソン『三重の思考者たち』［米］●V・ウルフ『三ギニー』［英］●G・グリーン『ブライトン・ロック』［英］●コナリー『嘱望の敵』［英］●オーウェル『カタロニア賛歌』［英］●サルトル『嘔吐』［仏］●ラルボー『ローマの旗の下に』［仏］●ユルスナール『東方綺譚』［仏］●バシュラール『科学的精神の形成』、『火の精神分析』［仏］●ラミュ『もし太陽が戻らなかったら』［瑞］●バッケッリ『ポー川の水車小屋』（〜四〇）［伊］●デーブリーン『青い虎』［独］●エリアーデ『天国における結婚』［ルーマニア］●**ヌーシッチ『故人』**［セルビア］●クルレジャ『理性の敷居にて』、『ブリトヴァの宴会』（〜六三）［クロアチア］●ベケット『マーフィ』［愛］●ボウエン『心情の死滅』［愛］●グスマン『パンチョ・ビリャの思い出』（〜四〇）［メキシコ］

一九三九年［五十九歳］

映画「ニノチカ」（グレタ・ガルボ主演）の脚本をルビッチ監督らと執筆。アカデミー賞脚本賞の候補となる。

一九四〇年　▼第二次世界大戦勃発〔欧〕●ドス・パソス『ある青年の冒険』〔米〕●オニール『氷屋来たる』〔米〕●クリスティ『そして誰もいなくなった』〔英〕●リース『真夜中よ、こんにちは』〔英〕●ジッド『日記』（～五〇）〔仏〕●サン＝テグジュペリ『人間の大地』（アカデミー小説大賞）〔仏〕●ユルスナール『とどめの一撃』〔仏〕●サロート『トロピスム』〔仏〕●パノフスキー『イコノロジー研究』〔独〕●デーブリーン『一九一八年十一月。あるドイツの革命』（～五〇）〔独〕●T・マン『ヴァイマルのロッテ』〔独〕●ジョイス『フィネガンズ・ウェイク』〔愛〕●F・オブライエン『スイム・トゥー・バーズにて』〔愛〕●セゼール『帰郷ノート』〔中南米〕

一九四一年　▼ドイツ軍、パリ占領〔仏・独〕▼トロツキー、メキシコで暗殺される〔露〕▼日独伊三国軍事同盟〔日・独・伊〕●ヘミングウェイ『誰がために鐘は鳴る』、「第五列」初演〔米〕●キャザー『サファイラと奴隷娘』〔米〕●J・M・ケイン『横領者』〔米〕●マッカラーズ『心は孤独な猟人』〔米〕●E・ウィルソン『フィンランド駅へ』〔米〕●クライン『ユダヤ人も持たざるや』〔カナダ〕●プラット『ブレブーフとその兄弟たち』〔カナダ〕●G・グリーン『権力と栄光』〔英〕●ケストラー『真昼の暗黒』〔英〕●H・リード『アナキズムの哲学』、『無垢と経験の記録』〔英〕●サルトル『想像力の問題』〔仏〕●バシュラール『否定の哲学』〔仏〕●A・リヴァ『雲をつかむ』〔瑞〕●エリアーデ『ホーニヒベルガー博士の秘密』、『セランポーレの夜』〔ルーマニア〕●フロンスキー『グラーチ書記』、『在米スロヴァキア移民を訪ねて』〔スロヴァキア〕●エリティス『定位』〔ギリシア〕●ビオイ＝カサレス『モレルの発明』〔アルゼンチン〕

●織田作之助『夫婦善哉』〔日〕●太宰治『走れメロス』〔日〕

▼独ソ戦開始〔独・露〕●フィッツジェラルド『最後の大君』（未完）〔米〕●**J・M・ケイン『ミルドレッド・ピアース』**〔米〕●ナボコフ『セバスチャン・ナイトの真実の生涯』〔米〕●V・ウルフ『幕間』〔英〕●ケアリー『馬の口から』（～四四）〔英〕●ラルボー『罰せられざる悪徳・読書――フランス語の領域』〔仏〕●ヴィットリーニ『シチリアでの会話』〔伊〕●パヴェーゼ『故郷』〔伊〕●レルネト＝ホレーニア

『白羊宮の火星』〔墺〕●ブレヒト『肝っ玉おっ母とその子供たち』〔独〕●M・アスエラ『新たなブルジョワ』〔メキシコ〕●パス『石と花の間で』〔メキシコ〕●ボルヘス『八岐の園』〔アルゼンチン〕

一九四二年〔六十二歳〕

米国映画「生きるべきか死ぬべきか」の脚本をルビッチ監督らと執筆。アカデミー賞脚本賞の候補となる。

▼スターリングラードの戦い（～四三）〔独・ソ〕●ベロー『朝のモノローグ二題』〔米〕●S・ランガー『シンボルの哲学』〔米〕●V・ウルフ『蛾の死』〔英〕●E・シットウェル『街の歌』〔英〕●ギユー『夢のパン』（ポピュリスト賞受賞）〔仏〕●サン＝テグジュペリ『戦う操縦士』〔仏〕●カミュ『異邦人』、『シーシュポスの神話』〔仏〕●バシュラール『水と夢』〔仏〕●ウンガレッティ『喜び』〔伊〕●**S・ツヴァイク『チェス奇譚』**、『昨日の世界』〔墺〕●ゼーガース『第七の十字架』、『トランジット』（～四四）〔独〕●ブリクセン『冬の物語』〔デンマーク〕●A・レィエス『文学的経験について』〔メキシコ〕●パス『世界の岸辺で』、『孤独の詩、感応の詩』〔メキシコ〕●ボルヘス『イシドロ・パロディの六つの難事件』〔アルゼンチン〕●郭沫若『屈原』〔中〕

一九四三年

▼イタリア降伏〔伊〕▼カイロ会談、テヘラン会談〔米・英・ソ〕●ドス・パソス『ナンバーワン』〔米〕●H・リード『芸術を通しての教育』〔英〕●マルロー『アルテンブルクの胡桃の木』〔仏〕●コレット『ジジ』〔仏〕●サン＝テグジュペリ『星の王子さま』〔仏〕●バシュラール『空気と夢』〔仏〕●ウンガレッティ『時の感覚』〔伊〕●アウブ『閉じられた戦場』〔西〕●ヘッセ『ガラス玉演戯』〔独〕●マクシモヴィッチ『まだらの小さな鞄』〔セルビア〕●谷崎潤一郎『細雪』〔日〕

一九四四年

▼連合軍、ノルマンディー上陸作戦決行〔欧・米〕▼パリ解放、ドゴールが共和国臨時政府首席就任〔仏〕●ベロー『宙ぶらり

んの男』〔米〕●V・ウルフ『幽霊屋敷』〔英〕●**コナリー『不安な墓場』**〔英〕●オーデン『しばしの間は』〔英〕●カミュ「誤解」初演〔仏〕●バタイユ『有罪者』〔仏〕●ユング『心理学と錬金術』〔瑞〕●サンドラール『全世界から』〔瑞〕●マンツィーニ『獅子のごとく強く』〔伊〕●アウブ『見て見ぬふりが招いた死』〔西〕●イェンセン、ノーベル文学賞受賞〔デンマーク〕●ジョイス『スティーヴン・ヒアロー』〔愛〕●ボルヘス『工匠集』、『伝奇集』〔アルゼンチン〕

一九四五年　▼ヤルタ会談〔米・英・ソ〕▼ドイツ降伏〔独〕▼ポツダム会談〔米・英・ソ〕▼ポツダム宣言受諾、日本、無条件降伏〔日〕●T・ウィリアムズ『ガラスの動物園』〔米〕●フィッツジェラルド『崩壊』〔米〕●K・バーク『動機の文法』〔米〕●マクレナン『二つの孤独』〔カナダ〕●ゲヴルモン『突然の来訪者』〔カナダ〕●ロワ『はかなき幸福』〔カナダ〕●コナリー『呪われた遊戯場』〔英〕●ウォー『ブライズヘッドふたたび』〔英〕●〈セリ・ノワール〉叢書創刊〔ガリマール社〕〔仏〕●**ラルボー『聖ヒエロニュムスの加護のもとに』**〔仏〕●カミュ「カリギュラ」初演〔仏〕●シモン『ペテン師』〔仏〕●サンドラール『雷に打たれた男』〔瑞〕●モラーヴィア『アゴスティーノ』〔伊〕●ヴィットリーニ『人間と否と』〔伊〕●C・レーヴィ『キリストはエボリにとどまりぬ』〔伊〕●ウンガレッティ『散逸詩編』〔伊〕●マンツィーニ『出版人への手紙』〔伊〕●アウブ『血の戦場』〔西〕●セフェリス『航海日誌三』〔希〕●**S・ツヴァイク『聖伝』**〔墺〕●H・ブロッホ『ヴェルギリウスの死』〔独〕●アンドリッチ『ドリナの橋』『トラーヴニク年代記』『お嬢さん』〔セルビア〕●リンドグレン『長くつ下のピッピ』〔スウェーデン〕●ワルタニ『エジプト人シヌヘ』〔フィンランド〕●A・レィエス『ロマンセ集』〔メキシコ〕●G・ミストラル、ノーベル文学賞受賞〔チリ〕

一九四六年　▼国際連合第一回総会開会、安全保障理事会成立▼チャーチル、「鉄のカーテン」演説〔英〕▼フランス、第四共和政〔仏〕▼共和国宣言〔伊〕▼第四次五か年計画発表〔露〕ドライサー『とりで』〔米〕●D・トマス『死と入口』〔英〕サンドラール『切られた手』〔瑞〕フリッシュ『万里の長城』〔瑞〕パヴェーゼ『青春の絆』〔伊〕ヒメネス『すべての季節』〔西〕●S・ツヴァイク『バルザック』〔墺〕●ヘッセ、ノーベル文学賞受賞〔独〕●レマルク『凱旋門』〔独〕●ツックマイアー『悪魔の将軍』〔独〕●マクシモヴィッチ『血の童話』〔セルビア〕●アストゥリアス『大統領閣下』〔グアテマラ〕●ボルヘス『二つの記憶すべき幻想』〔アルゼンチン〕

一九四七年

▼コミンフォルム結成〔東欧〕▼インド、パキスタン独立〔アジア〕●J・M・ケイン『あらゆる不名誉を越えて』〔米〕●ベロー『犠牲者』〔米〕●E・ウィルソン『ベデカーなしのヨーロッパ』〔米〕●T・ウィリアムズ「欲望という名の電車」初演（ニューヨーク劇評家協会賞、ピュリッツァ賞他受賞）〔米〕●V・ウルフ『瞬間』〔英〕●E・シットウェル『カインの影』〔英〕●ハートリー『ユースタスとヒルダ』〔英〕●ラウリー『活火山の下』〔英〕●ジッド、ノーベル文学賞受賞〔仏〕●マルロー『芸術の心理学』（〜四九）〔仏〕●カミュ『ペスト』〔仏〕●**G・ルブラン『勇気の装置』**〔仏〕●**A・リヴァ『蜜蜂の平穏』**〔瑞〕●ウンガレッティ『悲しみ』〔伊〕●パヴェーゼ『異神との対話』〔伊〕●カルヴィーノ『蜘蛛の巣の小径』〔伊〕●ドールス『ドン・ファン――その伝説の起源について』、『哲学の秘密』〔西〕●T・マン『ファウスト博士』〔独〕●H・H・ヤーン『岸辺なき流れ』（〜六一）〔独〕●ボルヒェルト『戸口の外で』〔独〕●ゴンブローヴィチ『結婚』（西語版、六四パリ初演）〔ポーランド〕●メアリー・コラム『人生と夢と』〔愛〕●M・アスエラ『メキシコ小説の百年』〔メキシコ〕●ボルヘス『時間についての新しい反問』〔アルゼンチン〕

一九四八年

▼ブリュッセル条約調印、西ヨーロッパ連合成立〔西欧〕▼ソ連、ベルリン封鎖〔東欧〕▼イタリア共和国発足〔伊〕●キャザー『年老いた美女 その他』〔米〕●T・S・エリオット、ノーベル文学賞受賞〔英〕●リーヴィス『偉大なる伝統』〔英〕●グレイヴズ『白い女神』〔英〕●サン＝テグジュペリ『城砦』〔仏〕●ルヴェルディ『死者たちの歌』〔仏〕●サロート『見知らぬ男の肖像』〔仏〕●バシュラール『大地と意志の夢想』、『大地と休息の夢想』〔仏〕●サンドラール『難航するのこと』〔瑞〕●バッケッリ『イエスの一瞥』〔伊〕●オルテガ・イ・ガセー、弟子のマリアスとともに、人文科学研究所を設立〔西〕●デーブリーン『新しい原始林』〔独〕●ノサック

『死神とのインタヴュー』［独］●クルツィウス『ヨーロッパ文学とラテン中世』［独］●**アイスネル『フランツ・カフカとプラハ』**［チェコ］●アンドリッチ『宰相の象』［セルビア］●フロンスキー『アンドレアス・ブール師匠』［スロヴァキア］

一九四九年

▼北大西洋条約機構成立［欧・米］▼ドイツ連邦共和国、ドイツ民主共和国成立［独］▼アイルランド共和国、完全成立［愛］▼中華人民共和国成立［中］●フォークナー、ノーベル文学賞受賞［米］●スタイン『Q. E. D.』［米］●ドス・パソス『偉大なる計画』［米］●キャザー『創作論』［米］●オーウェル『一九八四年』［英］●ミュア『迷宮』［英］●レヴィ＝ストロース『親族の基本構造』［仏］●ギユー『我慢くらべ』（ルノドー賞受賞）［仏］●カミュ「正義の人々」初演［仏］●サルトル『自由への道』（～四九）、月刊誌「レ・タン・モデルヌ」を創刊［仏］●サンドラール『空の分譲地』、『パリ郊外』［瑞］●バッケッリ『最後の夜明け』［伊］●パヴェーゼ『美しい夏』、『丘の上の悪魔』［伊］●ヒメネス『望まれ、望む神』［西］●H・ベル『列車は定時に発着した』［独］●ゼーガース『死者はいつまでも若い』［独］●A・シュミット『リヴァイアサン』［独］●ボウエン『日ざかり』［愛］●パス『言葉のかげの自由』［メキシコ］●カルペンティエール『この世の王国』［キューバ］●ボルヘス『続審問』、『エル・アレフ』［アルゼンチン］●三島由紀夫『仮面の告白』［日］

一九五〇年

▼朝鮮戦争（～五三）［朝鮮］●リースマン『孤独な群衆』［米］●ヘミングウェイ『川を渡って木立の中へ』［米］●ブラッドベリ『火星年代記』［米］●ラッセル、ノーベル文学賞受賞［英］●ピーク『ゴーメンガースト』［英］●C・S・ルイス『ライオンと魔女』［英］●D・レッシング『草は歌っている』［英］●「カイエ・デュ・シネマ」誌創刊［仏］●イヨネスコ「禿の女歌手」初演［仏］●ニミエ『青い軽騎兵』［仏］●マルロー『サチュルヌ』［仏］●デュラス『太平洋の防波堤』［仏］●プーレ『人間的時間の研究』［仏］●ピアジェ『発生的認識論序説』［瑞］●プーレ『人間的時間の研究』（～七一）［白］●パヴェーゼ『月とかがり火』［伊］●ゴンブリッチ『美術の歩み』［墺］●クルツィウス『ヨーロッパ文芸批評』［独］●ズーアカンプ書店創業［独］●H・ブロッホ『罪なき

人々』［独］●ハンセン『偽る者』［デンマーク］●ラーゲルクヴィスト『バラバ』［スウェーデン］●シンガー『モスカト家の人々』［イディッシュ］●パス『孤独の迷宮』［メキシコ］●ネルーダ『大いなる歌』［チリ］●コルタサル『試験』［アルゼンチン］

一九五一年

▼サンフランシスコ講和条約、日米安全保障条約調印［日・米］●サリンジャー『ライ麦畑でつかまえて』［米］●スタイロン『闇の中に横たわりて』［米］●ポーエル『時の音楽』（〜七五）［英］●G・グリーン『情事の終わり』［英］●マルロー『沈黙の声』［仏］●カミュ『反抗的人間』［仏］●イヨネスコ「授業」初演［仏］●サルトル「悪魔と神」初演［仏］●ユルスナール『ハドリアヌス帝の回想』［仏］●グラック『シルトの岸辺』［仏］アウブ『開かれた戦場』［西］●セラ『蜂の巣』［西］●T・マン『選ばれし人』［独］●N・ザックス『エリ――イスラエルの受難の神秘劇』［独］●ケッペン『草むらの鳩たち』［独］●ラーゲルクヴィスト、ノーベル文学賞受賞［スウェーデン］●ベケット『モロイ』、『マロウンは死ぬ』［愛］●A・レィエス『ギリシアの宗教研究について』［メキシコ］●パス『鷲か太陽か？』［メキシコ］●コルタサル『動物寓意譚』［アルゼンチン］●大岡昇平『野火』［日］

一九五二年

▼水爆実験［米］●オコナー『賢い血』［米］●スタインベック『エデンの東』［米］●ヘミングウェイ『老人と海』［米］●H・リード『現代芸術の哲学』［英］●F・モーリヤック、ノーベル文学賞受賞［仏］●プルースト『ジャン・サントゥイユ』［仏］●サルトル『聖ジュネ』［仏］●マルロー『想像の美術館』（〜五四）［仏］●プーレ『内的距離』［仏］●ゴルドマン『人間の科学と哲学』［仏］●レヴィ＝ストロース『人種と歴史』［仏］●ファノン『黒い皮膚、白い仮面』［仏］●サンドラール『ブラジル』［瑞］●デュレンマット『ミシシッピ氏の結婚』［瑞］●カルヴィーノ『まっぷたつの子爵』［伊］●ツェラーン『罌粟と記憶』［独］●ボルヘス『続・審問』［独］●カラスラヴォフ『普通の人々』（〜七五）［ブルガリア］●タレフ『鉄の灯台』［ブルガリア］●オヴェーチキン『地区の日常』（〜五六）［露］

一九五三年

▼スターリン歿［露］●A・ミラー「るつぼ」初演［米］●バロウズ『ジャンキー』［米］●ベロー『オーギー・マーチの冒険』［米］●ボー

ルドウィン『山にのぼりて告げよ』〔米〕●ブラッドベリ『華氏四五一度』〔米〕●S・ランガー『感情と形式』〔米〕●チャーチル、ノーベル文学賞受賞〔英〕●ウェイン『急いで下りろ』〔英〕●クロソウスキー『歓待の掟』（〜六〇）〔仏〕●サロート『マルトロー』〔仏〕●ロブ＝グリエ『消しゴム』〔仏〕●ボヌフォア『ドゥーヴの動と不動について』〔仏〕●バルト『エクリチュールの零度』〔仏〕●サンドラール『世界の隅々でのクリスマス』〔瑞〕●デュレンマット『天使バビロンに来たる』〔瑞〕●ヴィトゲンシュタイン『哲学探究』〔墺〕●バッハマン『猶予の時』〔墺〕●クルツィウス『二十世紀のフランス精神』〔独〕●ゴンブローヴィチ『トランス＝アトランティック／結婚』〔ポーランド〕●ミウォシュ『囚われの魂』〔ポーランド〕●カリネスク『哀れなヨアニデ』〔ルーマニア〕●ベケット『ゴドーを待ちながら』初演、『ワット』、『名づけえぬもの』〔愛〕●トワルドフスキー『遠い彼方』〔露〕●ルルフォ『燃える平原』〔メキシコ〕●カルペンティエール『失われた足跡』〔キューバ〕●ラミング『私の肌の砦のなかで』〔バルバドス〕

一九五四年

▼アルジェリア戦争（〜六二）〔アルジェリア〕●ヘミングウェイ、ノーベル文学賞受賞〔米〕●ドス・パソス『前途有望』〔米〕●エイミス『ラッキー・ジム』〔英〕●ゴールディング『蠅の王』〔英〕●フリッシュ『シュティラー』〔瑞〕●サガン『悲しみよこんにちは』〔仏〕●ビュトール『ミラノ通り』〔仏〕●バルト『彼自身によるミシュレ』〔仏〕●リシャール『文学と感覚』〔仏〕●フリッシュ『シュティラー』〔瑞〕●モラーヴィア『軽蔑』、『ローマの物語』〔伊〕●ウンガレッティ『約束の地』〔伊〕●アウブ『善意』〔西〕●T・マン『詐欺師フェーリクス・クルルの告白』〔独〕●E・ブロッホ『希望の原理』（〜五九）〔独〕●シンボルスカ『自問』〔ポーランド〕●サドヴャヌ『ニコアラ・ポトコアヴァ』〔ルーマニア〕●アンドリッチ『呪われた中庭』〔セルビア〕●エレンブルグ『雪どけ』（〜五六）〔露〕●フエンテス『仮面の日々』〔メキシコ〕●クリシュナムルティ『自我の終焉』〔印〕●クリシュナムルティ『自我の終焉』〔印〕●アストゥリアス『緑の法王』〔グアテマラ〕●中野重治『むらぎも』〔日〕●庄野潤三『プールサイド小景』〔日〕

一九五五年　▼ワルシャワ条約機構結成〔露〕●ナボコフ『ロリータ』〔米〕●E・ウィルソン『死海文書』〔米〕●H・リード『イコンとイデア』〔英〕●レヴィ＝ストロース『悲しき熱帯』〔仏〕●ロブ＝グリエ『覗くひと』〔仏〕●ブランショ『文学空間』〔仏〕●リシャール『詩と深さ』〔仏〕●パゾリーニ『生命ある若者』、レオネッティらと「オッフィチーナ」誌創刊（～五九）〔伊〕●プラトリーニ『メテッロ』〔伊〕●ノサック『おそくとも十一月には』〔独〕●ツェラーン『閾から閾へ』〔独〕●エリアーデ『禁断の森』（仏語版、原題『聖ヨハネ祭の前夜』七一年）〔ルーマニア〕●プレダ『モロメテ一家』（～六七）〔ルーマニア〕●マクシモヴィッチ『土の匂い』〔セルビア〕●ラックスネス、ノーベル文学賞受賞〔愛〕●ボウエン『愛の世界』〔愛〕●ルルフォ『ペドロ・パラモ』〔墨〕●パステルナーク『ドクトル・ジバゴ』（五七刊）〔露〕●石原慎太郎『太陽の季節』〔日〕●檀一雄『火宅の人』〔日〕

一九五六年〔七十六歳〕

ハンガリー動乱が起る。以後、たびたび帰郷する。

▼スエズ危機〔欧・中東〕▼大西洋横断電話ケーブルの敷設〔米・英〕▼フルシチョフ、スターリン批判〔露〕●アシュベリー『何本かの木』〔米〕●ギンズバーグ『吠える』〔米〕●バース『フローティング・オペラ』〔米〕●ボールドウィン『ジョヴァンニの部屋』〔米〕●N・ウィーナー『サイバネティックスはいかにして生まれたか』〔米〕●C・ウィルソン『アウトサイダー』〔英〕●H・リード『彫刻芸術』〔英〕●ガリ『空の根』（ゴンクール賞受賞）〔仏〕●ビュトール『時間割』（フェネオン賞受賞）〔仏〕●ゴルドマン『隠れたる神』〔仏〕●E・モラン『映画』〔仏〕●サンドラール『世界の果てに連れてって』〔瑞〕●デュレンマット『老貴婦人の訪問』〔瑞〕●マンツィーニ『鶴』〔伊〕●サングィネーティ『ラボリントゥス』〔伊〕●モンターレ『ディナールの蝶』〔伊〕●バッ

サーニ『フェッラーラの五つの物語』〔伊〕●サンチェス＝フェルロシオ『ハラーマ川』〔西〕●ヒメネス、ノーベル文学賞受賞〔西〕●ドーデラー『悪霊たち』〔墺〕●デーブリーン『ハムレット』〔独〕●シュトックハウゼン《ツァイトマーセ》〔独〕●マハフーズ『バイナル・カスライン』〔エジプト〕●パス『弓と竪琴』〔墨〕●コルタサル『遊戯の終わり』〔アルゼンチン〕●三島由紀夫『金閣寺』〔日〕●深沢七郎『楢山節考』〔日〕

一九五七年

▼EEC発足〔欧〕▼人工衛星スプートニク1号打ち上げ成功〔露〕●ケルアック『路上』〔米〕●フライ『批評の解剖』〔米〕●H・リード『インダストリアル・デザイン』〔英〕●ダレル『ジュスティーヌ』〔英〕●マルロー『神々の変貌』〔仏〕●カミュ『追放と王国』、ノーベル文学賞受賞〔仏〕●ベケット『勝負の終わり』〔仏〕●ビュトール『心変わり』（ルノードー賞受賞）〔仏〕●ロブ＝グリエ『嫉妬』〔仏〕●シモン『風』〔仏〕●バタイユ『空の青』、『文学と悪』、『エロティシズム』〔仏〕●バルト『神話作用』〔仏〕●バシュラール『空間の詩学』〔仏〕●スタロバンスキー『ルソー 透明と障害』〔瑞〕●バッケッリ『ノストス』〔伊〕●カルヴィーノ『木のぼり男爵』〔伊〕●パゾリーニ『グラムシの遺骨』〔伊〕●ガッダ『メルラーナ街の混沌たる殺人事件』〔伊〕●ヴィットリーニ『公開日記』〔伊〕●オルテガ・イ・ガセー『個人と社会』〔西〕●ドールス『エル・グレコとトレド』〔西〕●アンデルシュ『ザンジバル』〔独〕●ショーレム『ユダヤ神秘主義』〔独〕●ゴンブローヴィチ『トランス・アトランティック』、『日記』（〜六六）〔ポーランド〕●ブリクセン『最後の物語』〔デンマーク〕●パス『太陽の石』〔メキシコ〕●ドノーソ『戴冠式』〔チリ〕●遠藤周作『海と毒薬』〔日〕

一九五八年

▼第五共和政成立〔仏〕●ドス・パソス『偉大なる日々』〔米〕●バース『旅路の果て』〔米〕●カポーティ『ティファニーで朝食を』〔米〕●ケルアック『ダルマ行脚』〔米〕●マラマッド『魔法のたる』〔米〕●ダレル『バルタザール』、『マウントオリーヴ』〔英〕●マードック『鐘』〔英〕●ビュトール『土地の精霊』（第一巻）〔仏〕●デュラス『モデラート・カンタービレ』〔仏〕●シモン『草』〔仏〕●ソレルス『奇妙な

孤独』〔仏〕●ボーヴォワール『娘時代』（～七二）〔仏〕●ボヌフォア『不たしかなもの』〔仏〕●レヴィ＝ストロース『構造人類学』〔仏〕●マレ＝ジョリ『天上の帝国』〔白〕●バッケッリ『ユリウス・カエサルの三人の奴隷』〔伊〕アウブ『ジュゼップ・トーレス・カンパーランス』〔西〕●ヘルマンス『ダモクレスの暗い部屋』〔蘭〕●ノサック『弟』〔独〕●フルビーン『八月の日曜日』〔チェコ〕●ゴンブローヴィチ『フェルディドゥルケ』〔ポーランド〕●ブリクセン『運命綺譚』〔デンマーク〕●ミナーチ『待機の長い時』〔スロヴァキア〕●パステルナーク、ノーベル文学賞を辞退〔露〕●パス『激しい季節』〔メキシコ〕●フエンテス『空気の最も澄んだ土地』〔メキシコ〕●カルペンティエール『時との戦い』〔キューバ〕●グリッサン『レザルド川』〔中南米〕●大江健三郎『飼育』〔日〕

一九五九年

▼キューバ革命、カストロ政権成立〔キューバ〕●スナイダー『割り石』〔米〕●バロウズ『裸のランチ』〔米〕●ロス『さよならコロンバス』〔米〕●ベロー『雨の王ヘンダソン』〔米〕●パーディ『マルカムの遍歴』〔米〕●シリトー『長距離走者の孤独』〔英〕●G・スタイナー『トルストイかドストエフスキーか』〔英〕●イヨネスコ「犀」初演〔仏〕●クノー『地下鉄のザジ』〔仏〕●サロート『プラネタリウム』〔仏〕●ロブ＝グリエ『迷路のなかで』〔仏〕●トロワイヤ『正しき人々の光』（～六三）〔仏〕●ボヌフォア『昨日は荒涼として支配して』〔仏〕●クァジーモド、ノーベル文学賞受賞〔伊〕●カルヴィーノ『不在の騎士』〔伊〕●パゾリーニ『暴力的な生』〔伊〕●ヴィットリーニとカルヴィーノ、「メナボ」誌創刊（～六七）〔伊〕●ツェラーン『言語の格子』〔独〕●ヨーンゾン『ヤーコプについての推測』〔独〕●ベル『九時半のビリヤード』〔独〕●グラス『ブリキの太鼓』、『猫と鼠』（～六一）〔独〕●クルレジャ『アレタエウス』〔クロアチア〕●ソーレンセン『詩人と悪魔』〔デンマーク〕●ムーベリ『スウェーデンへの最後の手紙』〔スウェーデン〕●リンナ『ここ北極星の下で』（～六二）〔フィンランド〕●コルタサル『秘密の武器』〔アルゼンチン〕●安岡章太郎『海辺の光景』〔日〕

一九六〇年［八十歳］

ヨーロッパへ戻り、イタリアのローマに移住。

▼EECに対抗し、EFTAを結成〔英〕▼アルジェリア蜂起〔アルジェリア〕●アプダイク『走れウサギ』〔米〕●バース『酔いどれ草の仲買人』〔米〕●ピンチョン『エントロピー』〔米〕●ピンチョン『エントロピー』〔米〕●オコナー『烈しく攻むる者はこれを奪う』〔米〕●ダレル『クレア』〔英〕●サン＝ジョン・ペルス、ノーベル文学賞受賞〔仏〕●ソレルスら、前衛的文学雑誌「テル・ケル」を創刊（〜八二）〔仏〕●ギユー『敗れた戦い』〔仏〕●ルヴェルディ『海の自由』〔仏〕●ビュトール『段階』、『レペルトワール Ⅰ』〔仏〕●シモン『フランドルへの道』〔仏〕●デュラス『ヒロシマ、私の恋人』〔仏〕●ジュネ『バルコン』〔仏〕●セリーヌ『北』〔仏〕●バシュラール『夢想の詩学』〔仏〕●ウンガレッティ『老人の手帳』〔伊〕●モラーヴィア『倦怠』（ヴィアレッジョ賞受賞）〔伊〕●マトゥーテ『最初の記憶』〔西〕●『フェルナンド・ペソア詩集』〔ポルトガル〕●ゴンブリッチ『芸術と幻影』〔墺〕●ガーダマー『真理と方法』〔独〕●M・ヴァルザー『ハーフタイム』〔独〕●ゴンブローヴィチ『ポルノグラフィア』〔ポーランド〕●カネッティ『群衆と権力』〔ブルガリア〕●フロンスキー『トラソヴィスコ村の世界』〔スロヴァキア〕●ブリクセン『草に落ちる影』〔デンマーク〕●ヴォズネセンスキー『放物線』〔露〕●A・レィエス『言語学への新たな道』〔メキシコ〕●カブレラ＝インファンテ『平和のときも戦いのときも』〔キューバ〕●リスペクトール『家族の絆』〔ブラジル〕●ボルヘス『創造者』〔アルゼンチン〕●コルタサル『懸賞』〔アルゼンチン〕●倉橋由美子『パルタイ』〔日〕

一九六一年

▼ベルリンの壁建設〔独〕▼ガガーリンが乗った人間衛星ヴォストーク第一号打ち上げ成功〔露〕●バロウズ『ソフト・マシーン』〔米〕●ギンズバーグ『カディッシュ』〔米〕●ハインライン『異星の客』〔米〕●ヘラー『キャッチ＝22』〔米〕●マッカラーズ『針のない時計』〔米〕

●カーソン『沈黙の春』〔米〕●ヘミングウェイ自殺〔米〕●G・スタイナー『悲劇の死』〔英〕●ラウリー『天なる主よ、聞きたまえ』〔英〕●「カイエ・ド・レルヌ」誌創刊〔仏〕●「コミュニカシオン」誌創刊〔仏〕●ビュトール『驚異の物語——ボードレールのある夢をめぐるエッセイ』〔仏〕●ロブ＝グリエ『去年マリーエンバートで』〔仏〕●ボヌフォア『ランボー』〔仏〕●ジュネ『屏風』〔仏〕●フーコー『狂気の歴史』〔仏〕●バシュラール『蠟燭の焰』〔仏〕●プーレ『円環の変貌』〔仏〕●リシャール『マラルメの想像的宇宙』〔仏〕●フリッシュ『アンドラ』、『我が名はガンテンバイン』（〜六四）〔瑞〕●スタロバンスキー『活きた眼』（〜七〇）〔瑞〕●**パオロ・ヴィタ＝フィンツィ『偽書撰』**〔伊〕●アウブ『バルベルデ通り』〔西〕●シュピッツァー『フランス抒情詩史の解釈』〔墺〕●バッハマン『三十歳』〔墺〕ヨーンゾン『三冊目のアヒム伝』〔独〕●レム『ソラリス』〔ポーランド〕●アンドリッチ、ノーベル文学賞受賞〔セルビア〕●クルレジャ『旗』（〜六七）〔クロアチア〕●アクショーノフ『星の切符』〔露〕●ベケット『事の次第』〔愛〕●アマード『老練なる船乗りたち』〔ブラジル〕●ガルシア＝マルケス『大佐に手紙は来ない』〔コロンビア〕●オネッティ『造船所』〔ウルグアイ〕●吉本隆明『言語にとって美とは何か』〔日〕

一九六二年

▼キューバ危機〔キューバ〕●スタインベック、ノーベル文学賞受賞〔米〕●J・M・ケイン『ミニヨン』〔米〕●ナボコフ『青白い炎』〔米〕●ボールドウィン『もう一つの国』〔米〕●キージー『カッコーの巣の上で』〔米〕●バラード『狂風世界』、『沈んだ世界』〔英〕●バージェス『見込みのない種子』、『時計仕掛けのオレンジ』〔英〕●オールディス『地球の長い午後』（ヒューゴー賞受賞）〔英〕●D・レッシング『黄金のノート』〔英〕●ビュトール『モビール——アメリカ合衆国の表現のためのエチュード』、『航空網』〔仏〕●シモン『ル・パラス』〔仏〕●レヴィ＝ストロース『野生の思考』〔仏〕●デュレンマット『物理学者』上演〔瑞〕●エーコ『開かれた作品』〔伊〕C・ヴォルフ『引き裂かれた空』〔独〕●ツルニャンスキー『流浪』（第二巻）〔セルビア〕●クルレジャ『旗』（〜六七）〔クロアチア〕●ソルジェニーツィン『イワン・デニーソヴィチの一日』〔露〕●パス『火とかげ』〔メキシコ〕●フエンテス『アウラ』、『アルテミオ・クルスの死』〔メキシコ〕●カルペンティエール『光の世紀』〔キューバ〕

●ガルシア＝マルケス『ママ・グランデの葬儀』、『悪い時』〔コロンビア〕●安部公房『砂の女』〔日〕●高橋和巳『悲の器』〔日〕

一九六三年〔八十三歳〕

作家としての業績でローマ大賞を受賞する。

▼ケネディ大統領、暗殺される〔米〕●ピンチョン『V.』〔米〕●アプダイク『ケンタウロス』〔米〕●ファウルズ『コレクター』〔米〕●マードック『ユニコーン』〔米〕●コナリー『性急な確信』〔英〕●ビュトール『サン・マルコ寺院の記述』〔仏〕●サロート『黄金の果実』（国際出版社賞受賞）〔仏〕●ロブ＝グリエ『新しい小説のために』、『不滅の女』〔仏〕●ジャベス『問いの書』（〜七三）〔仏〕●マンディアルグ『オートバイ』〔仏〕●ル・クレジオ『調書』〔仏〕●フーコー『臨床医学の誕生』〔仏〕●バルト『ラシーヌについて』〔仏〕●プーレ『プルースト的空間』〔仏〕●ガッダ『苦悩の認識』〔伊〕●サングィネーティ『イタリア綺想曲』〔伊〕●カルヴィーノ『マルコヴァルド』〔伊〕●アウブ『モロ人の戦場』〔西〕●セフェリス、ノーベル文学賞受賞〔希〕●ツェラーン『だれでもない者の薔薇』〔独〕●グラス『犬の年』、『ひらめ』（〜七七）〔独〕●ハヴェル『ガーデン・パーティー』〔チェコ〕●クンデラ『微笑を誘う愛の物語』（六五、六八）〔チェコ〕●カダレ『死者の軍隊の将軍』〔アルバニア〕●アンドリッチ『イボ・アンドリッチ全集』〔セルビア〕●シンガー『ばかものギンペル』〔イディッシュ〕●V・グロスマン『万物は流転する…』（七〇刊）〔露〕●バフチン『ドストエフスキー詩学の諸問題』〔露〕●バルガス＝リョサ『都会と犬っころ』〔ペルー〕●コルタサル『石蹴り遊び』〔アルゼンチン〕●カナファーニー『太陽の男たち』〔パレスチナ〕

一九六四年

▼フルシチョフ解任。首相にコスイギン、第一書記にブレジネフ就任〔露〕●ヘミングウェイ『移動祝祭日』〔米〕●ベロー『ハーツォグ』〔米〕●バーセルミ『帰れ、カリガリ博士』〔米〕●バラード『燃える世界』〔英〕●ナイポール『暗黒の領域——一つのインド体験』〔英〕

●サルトル、ノーベル文学賞辞退〔仏〕●ビュトール『レペルトワールII』〔仏〕●デュラス『ロル・V・シュタインの歓喜』〔仏〕●バルト『エッセ・クリティック』〔仏〕●ゴルドマン『小説社会学』〔仏〕●レヴィ＝ストロース『神話論理』（〜七一）〔仏〕●リシャール『現代詩研究十一編』〔仏〕●フリッシュ『わが名はガンテンバイン』〔瑞〕●スタロバンスキー『自由の創出』〔瑞〕●パゾリーニ『ばら形の詩』〔伊〕●モラーヴィア『目的としての人間』〔伊〕●レム『無敵』〔ポーランド〕●マクシモヴィッチ『われを許したまえ』〔セルビア〕●ブラトヴィチ『ろばに乗った英雄』〔モンテネグロ〕●ボウエン『小さな乙女たち』〔愛〕●F・オブライエン『ドーキー古文書』〔愛〕●リスペクトール『G．H．の受難』〔ブラジル〕●フエンテス『盲人たちの歌』〔メキシコ〕●柴田翔『されどわれらが日々――』〔日〕

一九六五年

▼米軍、北ヴェトナム爆撃を開始〔米〕●メイラー『アメリカの夢』〔米〕●T・ディッシュ『人類皆殺し』〔米〕●チョムスキー『文法理論の諸相』〔米〕●ザデー、ファジー理論を提唱〔米〕●ファウルズ『魔術師』〔英〕●H・リード『ヘンリー・ムア』〔英〕●ソレルス『ドラマ』〔仏〕●クノー『青い花』〔仏〕●ロブ＝グリエ『快楽の館』〔仏〕●ビュトール『毎秒水量六八一万リットル』〔仏〕●デュラス『ラホールの副領事』〔仏〕●ペレック『物の時代』（ルノードー賞受賞）〔仏〕●クロソウスキー『バフォメット』（批評家賞受賞）〔仏〕●リカルドゥ『コンスタンチノープルの占領』〔仏〕●バルト『記号学要理』〔仏〕●アルチュセール『マルクスのために』〔仏〕●カルヴィーノ『コスミコミケ』〔伊〕●モラーヴィア『関心』〔伊〕●サングィネーティ『思想と言語』〔伊〕●アーゾル・ローザ『作家と民衆』〔伊〕●フォルティーニ『権限の検証』〔伊〕●ムシュク『兎の夏』〔瑞〕●アウブ『フランスの戦場』〔西〕●クーネルト『招かれざる客』〔独〕●フラバル『ひどく監視された列車』〔チェコ〕●ゴンブローヴィチ『コスモス』（六七、国際出版社賞受賞）〔ポーランド〕●ショーロホフ、ノーベル文学賞受賞〔露〕●ブロツキー『短詩と長詩』〔露〕●バフチン『フランソワ・ラブレーの作品と中世・ルネサンスの民衆文化』〔露〕●パス『四学』〔メキシコ〕●ボルヘス『六つの絃のために』〔アルゼンチン〕●井伏鱒二

『黒い雨』〔日〕●小島信夫『抱擁家族』〔日〕●三島由紀夫『豊饒の海』〔日〕

一九六六年　▼ミサイルによる核実験に成功。第三次五か年計画発足〔中〕●キャザー『芸術の王国』〔米〕●ピンチョン『競売ナンバー49の叫び』〔米〕●F・イェイツ『記憶術』〔英〕●バラード『結晶世界』〔英〕●フーコー『言葉と物』〔仏〕●バルト『物語の構造分析序説』〔仏〕●ジュネット『フィギュールⅠ』〔仏〕●ラカン『エクリ』〔仏〕●**A・リヴァ『残された日々を指折り数えよ』**〔瑞〕●N・ザックス、ノーベル文学賞受賞〔独〕●レサーマ＝リマ『パラディソ』〔キューバ〕●パス『交流』〔メキシコ〕●バルガス＝リョサ『緑の家』〔ペルー〕●コルタサル『すべての火は火』〔アルゼンチン〕●アグノン、ノーベル文学賞受賞〔イスラエル〕●白楽晴、廉武雄ら季刊誌「創作と批評」を創刊（〜八〇、八八〜）〔韓〕

一九六七年　▼EC発足〔欧〕●ブローティガン『アメリカの鱒釣り』〔米〕●マラマッド『修理屋』〔米〕●スタイロン『ナット・ターナーの告白』〔米〕●G・スタイナー『言語と沈黙』〔英〕●マルロー『反回想録』〔仏〕●ビュトール『仔猿のような芸術家の肖像』〔仏〕●シモン『歴史』（メディシス賞受賞）〔仏〕●サロート『沈黙』、『嘘』〔仏〕●ペレック『眠る男』〔仏〕●リカルドゥ『ヌーヴォー・ロマンの諸問題』〔仏〕●トドロフ『小説の記号学』〔仏〕●バルト『モードの体系』〔仏〕●リシャール『シャトーブリアンの風景』〔仏〕●デリダ『エクリチュールと差異』、『グラマトロジーについて』〔仏〕●バッケッリ『アフロディテ・愛の小説』〔伊〕●カルヴィーノ『ゼロ時間』〔伊〕●ヴィットリーニ『二つの緊張』〔伊〕●ツェラーン『息の転換』〔独〕●クンデラ『冗談』〔チェコ〕●ライノフ『無名氏』〔ブルガリア〕●ハイトフ『あらくれ物語』〔ブルガリア〕●カルチェフ『ソフィア物語』〔ブルガリア〕●ラディチコフ『山羊のひげ』〔ブルガリア〕●ブルガーゴフ『巨匠とマルガリータ』〔露〕●パス『白』、『クロード・レヴィ＝ストロース、もしくはアイソポスの新たなる饗宴』〔メキシコ〕●フエンテス『聖域』、『脱皮』〔メキシコ〕●カブレラ＝インファンテ『三頭の淋しい虎たち』〔キューバ〕●サルドゥイ『歌手たちはどこから』〔キューバ〕●アストゥリアス、ノーベル文学賞受賞〔グァテマラ〕●ガルシア＝マルケス『百年の孤独』〔コロンビア〕●バルガス＝リョサ『小犬たち』〔ペルー〕●ネルーダ『船歌』〔チリ〕●ボルヘス『他者と自身』〔アルゼンチン〕●大佛次郎『天皇の世紀』〔日〕●大岡昇平『レイテ戦記』（〜六九）〔日〕

一九六八年　▼五月革命〔仏〕▼プラハの春、チェコ知識人らの「二千語宣言」〔チェコ・スロヴァキア〕●バース『びっくりハウスの迷子』〔米〕●クーヴァー『ユニヴァーサル野球協会』〔米〕●アプダイク『カップルズ』〔米〕●オールディス『世界Aの報告書』〔英〕●ギユー『対決』〔仏〕●ビュトール『レペルトワール III』〔仏〕●ユルスナール『黒の過程』（フェミナ賞受賞）〔仏〕●サロート『生と死の間』〔仏〕●モディアノ『エトワール広場』〔仏〕●プーレ『瞬間の測定』〔仏〕●A・コーエン『主の伴侶』（フランスアカデミー小説大賞受賞）〔瑞〕●**アウブ『アーモンドの野』**〔西〕●モランテ『少年らに救済される世界』〔伊〕●ツェラーン『糸の太陽たち』〔独〕●C・ヴォルフ『クリスタ・Tの追想』〔独〕●S・レンツ『国語の時間』〔独〕●ディガット『カーニバル』〔ポーランド〕●エリアーデ『ムントゥリャサ通りで』〔ルーマニア〕●カネッティ『マラケシュの声』〔ブルガリア〕●ディトレウセン『顔』〔デンマーク〕●ジョイス『ジアコモ・ジョイス』〔愛〕●ソルジェニーツィン『鹿とラーゲリの女』、『煉獄のなかで』、『ガン病棟』〔露〕●ベローフ『大工物語』〔露〕●パス『可視的円盤』、『マルセル・デュシャン、もしくは純粋の城』〔メキシコ〕●コルタサル『62、組み立てモデル』〔アルゼンチン〕プイグ『リタ・ヘイワースの背信』〔アルゼンチン〕●川端康成、ノーベル文学賞受賞〔日〕

一九六九年　▼宇宙船アポロ11号、月面着陸〔米〕●パウンド『第百十編から百十七編までの草稿と断片』〔米〕●ヴォネガット『スローターハウス5』〔米〕●ナボコフ『アーダ』〔米〕●C・ウィルソン『賢者の石』〔英〕●フーコー『知の考古学』〔仏〕●セール『ヘルメス』（〜八〇）〔仏〕●セリーヌ『リゴドン』〔仏〕●シモン『ファルサロスの戦い』〔仏〕●ペレック『煙滅』〔仏〕●クリステヴァ『セメイオティケー』〔仏〕●エリアーデ『ジプシー女のもとで』〔ルーマニア〕●カネッティ『もう一つの審判』〔ブルガリア〕●ベケット、ノーベル文学賞受賞〔愛〕●ボウエン『エヴァ・トラウト』〔愛〕●パス『東斜面』、『分離と結合』〔メキシコ〕●フエンテス『誕生日』、『イスパノアメリカの新しい小説』〔メキシコ〕●アレナス『めくるめく世界』〔キューバ〕●バルガス＝リョサ『ラ・カテドラルでの対話』〔ペルー〕●プイグ『赤い唇』〔アルゼンチン〕●ビオイ＝カサレス『豚の戦記』〔アルゼンチン〕●ハビービー『六日間の六部作』〔パレスチナ〕●庄司薫『赤頭巾ちゃん気をつけて』〔日〕

一九七〇年　▼アジェンデ、大統領就任〔チリ〕●バラード『残虐行為博覧会』〔英〕●オールディス『手で育てられた少年』〔英〕●ビュトール『羅針盤』〔仏〕●サロート『イスマ』〔仏〕●シモン『盲いたるオリオン』〔仏〕●ロブ＝グリエ『ニューヨーク革命計画』〔仏〕●デュラス『ユダヤ人の家』〔仏〕●トゥルニエ『魔王』〔仏〕●シクスー『第三の肉体』〔仏〕●バルト『S/Z』〔仏〕●ボードリヤール『消費社会の神話と構造』〔仏〕●トドロフ『幻想文学』〔仏〕●バシュラール『夢みる権利』〔仏〕●ハントケ『ペナルティーキックを受けるゴールキーパーの不安』〔墺〕●ツェラーン『光の強迫』〔独〕●ヨーンゾン『記念の日々』（～八三）〔独〕●アドルノ『美の理論』〔独〕●ヤウス『挑発としての文学史』〔独〕●マクシモヴィッチ『永遠の少女』〔セルビア〕●ソルジェニーツィン、ノーベル文学賞受賞〔露〕●パス『追記』〔メキシコ〕●フエンテス『ドアのふたつある家』、『片目は王様』、『すべての猫は褐色』〔メキシコ〕●ガルシア＝マルケス『ある遭難者の物語』〔コロンビア〕●ドノーソ『夜のみだらな鳥』〔チリ〕●ボルヘス『ブロディーの報告書』〔アルゼンチン〕●大阪万博開催〔日〕●「すばる」創刊〔日〕●三島由紀夫、割腹自殺〔日〕

一九七一年　▼中華人民共和国が国連加盟、台湾は脱退〔中・台湾〕●アプダイク『帰ってきたウサギ』〔米〕●ロス『われらの仲間』〔米〕●コジンスキ『あるがまま』〔米〕●G・スタイナー『脱領域の知性』〔英〕●C・ウィルソン『オカルト』〔英〕●マルロー『倒された樫の木』〔仏〕●カミュ『幸福な死』〔仏〕●サルトル『家の馬鹿息子』（～七二）〔仏〕●シモン『導体』〔仏〕●P・レネ『非革命』〔仏〕●リカルドゥ『ヌーヴォー・ロマンの理論のために』〔仏〕●リシャール『ロマン主義研究』〔仏〕●プーレ『批評意識』〔仏〕●マンツィーニ『立てる像』

〔カンピエッロ賞〕〔伊〕●モンターレ『サートゥラ』〔伊〕●デベネデッティ『二十世紀の小説』〔伊〕●バッハマン『マリーナ』〔墺〕●ツェラーン『雪のパート』〔独〕●フラバル『私は英国王に給仕した』〔八九刊〕〔チェコ〕●レム『完全な真空』〔ポーランド〕●ツルニャンスキー『ロンドン物語』〔セルビア〕●ビートフ『プーシキン館』〔七八刊〕〔露〕●オクジャワ『シーポフの冒険、あるいは今は昔のヴォードヴィル』〔露〕●ソルジェニーツィン『一九一四年八月』〔露〕●マクシーモフ『創造の七日間』〔露〕●パス、国際的雑誌「プルラル」を創刊〔メキシコ〕●フエンテス『メヒコの時間』〔メキシコ〕●ネルーダ、ノーベル文学賞受賞〔ペルー〕

一九七二年［九十二歳］

妻リディア、イタリアのモンテキアロで七十七歳で死去。

▼ウォーターゲート事件〔米〕●沖縄、本土復帰〔日〕●ロス『乳房になった男』〔米〕●バース『キマイラ』〔米〕●アトウッド『浮上』〔カナダ〕●アヌイ『オペラ支配人』〔仏〕●イヨネスコ『マクベット』〔仏〕●サロート『あの彼らの声が……』〔仏〕●ペレック『女幽霊』〔仏〕●バルト『新＝批評的エッセー』〔仏〕●ドゥルーズ＝ガタリ『アンチ＝オイディプス』〔仏〕●デリダ『ポジシオン』、『哲学の余白』〔仏〕●アプダイク『美術館と女たち』〔米〕●ロス『乳房になった男』〔米〕●カスタネダ『イクストランへの旅』〔米〕●トリリング『〈誠実〉と〈ほんもの〉』〔米〕●アトウッド『浮上』〔カナダ〕●ウェスカー『老人たち』〔英〕●オッティエーリ『強制収容所』〔伊〕●カルヴィーノ『見えない都市』〔伊〕●パゾリーニ『異端的経験論』〔伊〕●トレンテ＝パリェステル『J．B．のサガ／フーガ』〔西〕●アグスティ『スペイン内戦』〔西〕●H・ベル、ノーベル文学賞受賞〔独〕●プレンツドルフ『若きWの新たな悩み』〔独〕●ハヴェル『陰謀者たち』〔チェコ〕●レフチェフ『燃焼の日記』〔ブルガリア〕●アナセン『スヴァンテの歌』〔デンマーク〕●アスペンストレム『その間に』〔スウェーデン〕●ベローフ

『前夜』（〜八七）［露］●アスターフィエフ『魚の王様』（〜七五）［露］●シンガー『敵たち』（英語版）［イディッシュ］●パス『連歌』（共同詩）［メキシコ］●サルドゥイ『コブラ』［キューバ］●カルペンティエール『免罪特権』［キューバ］●アストゥリアス『ドロレスの金曜日』［グァテマラ］●ガルシア＝マルケス『無垢なエレンディラと無情な祖母の信じがたい悲惨の物語』［コロンビア］●バルガス＝リョサ『ある小説の秘められた歴史』、『ガルシア＝マルケス――ある神殺しの歴史』［ペルー］●ボルヘス『群虎黄金』［アルゼンチン］●アスリー『侍者』［オーストラリア］●アチェベ『戦場の女たち』［ナイジェリア］●川端康成、自殺［日］

一九七三年

▼第四次中東戦争［中東］●ピンチョン『重力の虹』［米］●ロス『偉大なるアメリカ小説』［米］●ブルーム『影響の不安』［米］●コナリー『夕暮の柱廊』［英］●バラード『クラッシュ』［英］●オールディス『十億年の宴』［英］●ビュトール『合い間』［仏］●デュラス『インディア・ソング』［仏］●シモン『三枚つづきの絵』［仏］●ペレック『薄暗い店』［仏］●フーコー『これはパイプではない』［仏］●バルト『サド、フーリエ、ロヨラ』、『テクストの快楽』［仏］●シェセ『人食い鬼』［瑞］●スタロバンスキー『一七八九年、理性の標章』［瑞］●カルヴィーノ『宿命の交わる城』［伊］●ローレンツ『鏡の背面』［墺］●エンデ『モモ』、『はてしない物語』（〜七九）［独］●ヒルデスハイマー『マザンテ』［独］●シオラン『生誕の災厄』［ルーマニア］●カネッティ『人間の地方』［ブルガリア］●マクシモヴィッチ『もう時間がないのです』［セルビア］●ソルジェニーツィン『収容所群島』（〜七六）［露］●パス『翻訳と愉楽』［メキシコ］●ドノーソ『ブルジョワ小説三編』［チリ］●バルガス＝リョサ『パンタレオンと慰安婦たち』［ペルー］●コルタサル『マヌエルの教科書』［アルゼンチン］●プイグ『ブエノスアイレス事件』［アルゼンチン］●ホワイト『台風の目』、ノーベル文学賞受賞［オーストラリア］●小松左京『日本沈没』［日］

一九七四年［九十四歳］

十月二十三日、ハンガリーへの帰国から数週間してブダペストで死去する。

▼ニクソン大統領辞任［米］●T・オブライエン『北極光』［米］●ビュトール『レペルトワールⅣ』［仏］●ロブ＝グリエ『快楽の漸進的横滑り』［仏］●フェルナンデス『ポルポリーノ』［仏］●ユルスナール『世界の迷宮』（〜八八未完）［仏］●P・レネ『レースを編む女』、『呪い師』［仏］●リシャール『プルーストと感覚世界』［仏］●クリステヴァ『詩的言語の革命』［仏］●モランテ『歴史』［伊］●ベルンハルト「習慣の力」初演［墺］●ベル『カタリーナ・ブルームの失われた名誉』［独］●カネッティ『耳証人』［ブルガリア］●ディロフ『イカロスの道』［ブルガリア］●ユーンソン、H・マッティンソン、ノーベル文学賞受賞［スウェーデン］●パス『大いなる文法学者の猿』、『泥遊びの子供たち』［メキシコ］●カルペンティエール『方法再説』、『バロック協奏曲』［キューバ］●コルタサル『八面体』［アルゼンチン］

訳者解説

レンジェルについて

この劇の作者はレンジェル・メニヘールト（Lengyel Menyhért 一八八〇－一九七四）で、ハンガリー以外ではメルヒオール・レンジェル（Melchior Lengyel）と呼ばれる。レンジェルはハンガリー東部のバルマジュイヴァーロシュに生まれた。当時のハンガリーはオーストリアと二重帝国を形成していた。

レンジェルはジャーナリストとして出発し、のちブダペストに移った。最初の戯曲「偉大な領主」は一九〇七年にタイラ劇団によって上演された。一九〇八年、二作目の「感謝せる後継者」はハンガリー国立劇場で上演され、ハンガリー科学アカデミーの、毎年最優秀戯曲に与えられるヴォジニッツ賞を受賞した。

「颱風（タイフーン）」は一九〇九年の作だが、世界的成功を収めた。これについては後述する。

レンジェルは第一次世界大戦中には、新聞「夕方」の特派員としてスイスへ派遣された。彼の平和主義者としての論説は、ドイツ語やフランス語にも訳され、『単純な思考』として一冊にまとめられた。レンジェルの作品にはほかに、やはりハンガリー出身のバルトークがバレエとして作曲したパントマイム劇「中国の不思議な役人」がある。レンジェルはドイツで演劇活動に従事し、そこでエルンスト・ルビッチ（Ernst Lubitsch　一八九二－一九四七）などの知遇を得る。

のちナチスが台頭し、ハンガリーがその勢力圏に置かれると、ルビッチのあとを追って米国に亡命、ハリウッドに移住してルビッチなどの映画の脚本を書いて成功を収めた。戦後も、ソ連圏の社会主義国となった祖国には帰らず、一九六〇年、八十歳の年にイタリア・ローマへ移住した。ハンガリー動乱以後たびたび祖国を訪問していたが、一九七四年の訪問の数週間後、ブダペストで九十四歳で死去した。

「颱風」について

「颱風」は一九〇九年の作だが、ハンガリー語で書かれた、日本人が大勢現れる劇である。主人公ニトベ・トケラモの「ニトベ」は、英文『武士道』で知られていた新渡戸稲造から姓をとっているが、「トケラモ」という奇妙な名は、あるいは「時麿」の母音が交代したものではあるまいか。

ブダペストのあと、ベルリン、パリ、ロンドンで上演され、もともとは舞台はベルリンだったが、ベルリン上演ではパリにされ、パリ上演ではベルリンに戻り、英国ではパリ版が上演された。英語版は、有名な俳優ヘンリー・アーヴィング（Henry Irving 一八三八－一九〇五）の息子で、劇団を率いるローレンス・アーヴィング（Laurence Irving 一八七一－一九一四）がドイツ語から英訳してロンドンで上演し大ヒットした。トケラモを演じたのがアーヴィング自身で、当時ロンドン滞在中だった坪内士行（逍遥の養子）はドクトル北村を演じていた。エレーヌを演じたのがアーヴィングの妻マーベル・ハックニー、ベインスキーがレネン・クオーターメンとなっている（戸田一外著による）。

なおアーヴィングはかなり原作を改修しており、その最大なるものは、原作ではトケラモは最後に病死するのを、切腹に変えたことである。当時乃木希典の明治天皇への殉死（一九一二）が世界的に耳目を集めていたから、それを当て込んだのだろう。

ロンドンでこれが上演された大正二年（一九一三）、たまたまロンドンに赴いていた帝国劇場所属の女優・森律子がこの舞台を観ている。外の看板には「大風」と漢字で大書してあったという。翌大正三年には、雑誌「歌舞伎」に、戸田一外（一八八三？－不詳）という船医が訳して連載しているが、ドイツ語からの訳なのでトケラモは病死する。戸田はロンドンのグローブ座でこの芝居を実際に観たという。この翻訳は、戸田の著書『船医風景』（万里閣書房、昭和五＝一九三〇）に収められている。戸田は欧州航路や米国航路の船医で、川上音二郎・貞奴や早川雪洲、上山草人らとの交友があった。

戸田訳などで見ると、トケラモ以外の人物も姓名が揃っており、漢字で表記すると、吉川東洋（Joshikawa Toyu）（山脇東洋から）、小林家康（Kobayasi Yyeyasu）、伊瀬広也（Hinonari Inoze）、大前惺窩（Dr. Omayi Seikwa）（藤原惺窩から）、吉井陽友（ようとも）（不明）、北村季吟（Dr. Kitamaru Kigin）、服部南郭、安在ヤモシ、雨森羅山（雨森芳洲と林羅山から）、三宅直方

となっており、日本の歴史上の人物から名前をとっているのが分かる。北村季吟や服部南郭はそのままである。

大正三年（一九一四）には、早川雪洲が主演して米国でレジナルド・バーカー監督により映画化された。その際、吉川男爵を演じたのは栗原喜三郎、のちトーマス・栗原として日本で映画監督として活躍した人で、ヒロナリを演じたのはやはり映画監督のヘンリー小谷であった。栗原と小谷は谷崎潤一郎と親しく、谷崎が映画製作に乗り出した際、谷崎の娘の鮎子をキャスティングした掌編「雛祭の夜」を撮ったのも栗原だし、そのほか谷崎原作の映画、また谷崎の妻の妹の葉山三千子、つまり『痴人の愛』のナオミのモデルが女優として出演した映画も何本か撮っている。小谷はカメラマンとして横浜で谷崎の近くに住んでおり、のちやはり鮎子をキャスティングした「舌切雀」を撮っている。

大正四年十月二十六日から三十一日まで、「タイフーン」はレンギイル作「颱風」として帝劇で上演された。主演は、『帝劇の五十年』では沢村宗十郎となっているが、平川祐弘の調査によると

宗之助のほうである。

主人公トケラモ以外の日本人も、吉川、小林はともかく、ヤモシ、オマイ（omayi）など珍妙なものがあり、本書の翻訳ではオマイは大前とした。帝劇上演時には、主人公は新渡戸時郎とされ、ほか加藤健蔵、大山徹、北村季雄、雨森芳次郎、猪之瀬広成などとなっている。西洋人名も英語風に、ヘレーン、レナード・ベインスキとし、ヘレーンをミセス・ヒューズ、ベインスキをミスタア・ヒューズという、当時帝劇で西洋人役を演じていた夫妻がやっている。

帝劇での上演にいたるまで、この戯曲について詳細に調べたのは、平川祐弘で、その『和魂洋才の系譜』の中に論文（「「普請中」の国日本――森鷗外の短篇とレンジェルの人種劇『颱風』をめぐって」）が収められている。作者のレンジェルの作品を森鷗外が訳していたことから始めて、日露戦争以後のヨーロッパでの黄禍論を反映した劇として論じている。日本に対して敵対的な芝居だと平川は見なし、日本で上演されたことに驚き、あまりよくなかった劇評も紹介している。

結末近くにおけるトケラモの回心をもたらす、ベインスキーの「バスティーユ」に関する演説は、原作にはなく、英訳でアーヴィングが付け加えたものらしい。トケラモは、西洋に対して強い敵愾心を抱き、日本が世界で最も偉大だと考える日本人たちの反対を押して、日本を悪く言うポーランド系のベインスキーと会う。ベインスキーは、その日がたまたまフランス革命のバスティーユ陥落の日で、それを記念するパリ祭の日であることから、個人を越えた愛国心は皆陥落させるべきバスティーユだと述べ、国家主義の危険性を説き、トケラモは説得されて、ベインスキーはトケラモに、あなたは日本人ではなく人間になった、と言うのである。

ベインスキーはキリスト教徒だと言っているが、おそらくユダヤ人を含意しており、ハンガリーという、当時ドイツ、オーストリア、ロシヤなどの大国に挟まれた国の人間の立場から、大国の愛国心や膨張主義を批判したのであり、それはむしろ黄禍論を越えた主題であり、だからこそ森律子はこれを観、帝劇でも上演されたのである。

日本人の愛国心はむろん誇張して描かれているが、日露戦争後の日本人の、西洋さえ叩き潰すほどの勢いをもち、夏目漱石が『三四郎』で、広田先生に、こんなことをしていたら日本は亡びるね、と言わせ、そして事実そのような道を進んだことを思えば、単なる黄禍論劇や、「人種劇」とのみ見るべきではあるまい。

翻訳にあたって使用した底本は、Melchior Lengyel ; English version by Laurence Irving, *Typhoon : a play in four acts*, London : Methuen, 1913. である。

丸山珪一氏の論文

日本で唯一、ハンガリー語でレンジェルを読み論文を書いた人に、丸山珪一・金沢大学名誉教授がいる。以下、同氏の許可を得てその論文から抜粋する。「「黄色い猿」の血は赤かったか？――レンジェルの日本人劇「台風」と黄禍論問題」(『金沢大学経済学部論集　第二十三巻第一号　二〇〇二・十一)より。

かつて「台風」というドラマが世界の舞台を席捲したことがある。それは文字通り嵐のように地球を駆け巡り、著名な俳優たちが競って主人公の役を演じた。このドラマは、ベルリン在住の日本人集団を主な登場人物に設定した、当時としてはユニークで大胆なものだ。一九〇九年秋、ハンガリーの首都ブダペストで初演され、大当りを取るや、さらにドイツ、ロシア、イタリア、フランス、イギリス、アメリカ等々、国境を越えて次々に上演され、いたるところで関心と注目を集め、議論を呼び起した。それ自体としてまだまだ物珍しい題材だったということもあるにちがいないが、折から日露戦争で大国ロシアに勝利した、極東の日本という小国と未知なる日本人とへの俄かな関心の高まりも、大きな要因の一つとして各国での競演の背景にあると見られる。

ドラマの受容は、さらに黄禍論をめぐる当時の議論とも絡み合い、「台風」現象と言うべき一種複雑な状況を呈した。「台風」は、一九一五年にはついに当の日本にも上陸した。

新しいドラマの才能を求める二十世紀初頭のハンガリー演劇界に、レンジェルが「偉大な領主」を引っさげて登場したのは、彼二十七歳の一九〇七年のことだった。このイプセン風の処女作については、またその背景をなすハンガリーの自由劇場運動については不十分ながら以前に書いたので、ここでは繰返さない。「台風」は、その二年後に発表されたレンジェル四作目のドラマであり、彼に世界的な名声と――そして多大の富とをもたらした。しかし、当時このドラマをかまびすしく取り巻いたセンセーショナルな名声は、今日そんな事実などそもそもなかったかのごとくに忘れ去られ、それどころか、その作者であるレンジェル・メニヘールト（外国ではメルヒオール・レンジェル）の名すら、もはやまるで知られていないに等しいというのが実情である。おそらくは、作者が後半生のかなりの時期にわたり、仕事の中心を映画のシナリオに移したことや、イギリス、アメリカ、イタリアと居住地を変えたことなども関わっているのだろう。レンジェル自身、散逸した自分の作品を集めたり、まとめて出版したりすることに、あまり頓着しない人だったのか、それとも試みた上で諦めてしまったのか、まとまった著作集はついに出なかったようだ。晩年には自伝用と未発表ドラマ用の二つのトランクだけを大切そうに持ち運んでいたという。彼は、一九七四年、イタリアからハンガリーに帰国した直後に亡くなったが、ほぼその前後からハンガリーで彼のドラマの再上演が行なわれるようになり、ようやく一巻本の選集（「台風」を含む七本のドラマが収録されている。）と「わが人生の書」と題された自伝・日記も刊行されて、人と作品を本格的な検討の対象とする新たな出発点が据えられた、と言ってよさそうだ。しかし、故国ハンガリーにおいてさえ、彼についてのモノグラフィーは未だ現れていない。

「台風」成立の経緯

「台風」は世界中にレンジェルの名を知らしめ、彼を一躍流行作家に押し上げたが、この作品を彼がどこまで深く考えて書いたかとなると必ずしも判然としない。題材のアクチュアリティと裏腹に、かえって曖昧なところが多様な――しばしば対立的でさえある一解釈を許し、議論を生み、さまざまな事情への好都合な結びつけを可能にしたところがあったのでないかと思われ、さらにひょっとすると上演の「成功」のかなりをそれに負っているのではないかという疑問さえ生じる。ここでは『わが人生の書』に依拠しつつ、ひとまず「台風」の成立にいたる経緯を少しく追いながら、その辺りを探ってみよう。

処女作「偉大な領主」の上演によってハンガリーの新しいドラマの才能として喝采を浴び注目されたレンジェルは、勤務する保険会社の支社長から祝福を受け、思いがけぬことに6カ月の休暇とベルリン行きの旅費をもらえることになった。彼はドイツ語を読めはしたものの、あまり喋れなかったのだが、親しくしていたハトヴァニ・ラヨシュがドイツに広い交友圏を持っていたおかげで、ベルリンで豊かなチャンスに恵まれそうだった。ハトヴァニは、一九〇八年に創刊された月刊文学雑誌『ニュガト（西）』のスポンサーとしてハンガリー新文学運動の仕掛人であり、気鋭の批評家でもあった。彼はちょうどドイツで『知るに値しないものの学』という、瑣末拘泥的な実証主義的文献学を批判する本を出したばかりだった。レンジェルは彼を介して、すぐに目当てのマクス・ラインハルトのグループに入り込むことができた。当時ラインハルトは、ベルリンのドイツ座を拠点に演劇の、とりわけ技術的な面での革新を志していた。そのいずれの試演にも自由な出入りを許されたレンジェルは、ラインハルトの構想の形成を目の当りにする機会を得た（ラインハルト自身、一九一九―二〇年のシーズンに「台風」の上演を手がける）。

レンジェルは書きかけのドラマが頭にちらついて、早々にブダペストに帰ってしまうのだが、こうして書き上げた第二作『感謝せる後世』が再び大成功を収めると、年金受給資格までの十年間ずっと給料を払ってやるから、勤務を止めて劇作に専念したらどうかと、改めて支社長に勧められた、という。

この支社長のような例がどれほどあるのか知らないが、興隆しつつあるブダペスト市民層の心意気がじかに伝わってくるような話ではないか。こうしてまたもや彼はベルリンに舞い戻った。ブダペストで彼は一人の移り気な女優（その名もイロナ［ヘレーネ］という）に恋をしたが、遠く離れて募る恋情や苦痛や嫉妬心をようやくにして抑えねばならなかった。ベルリンでは動物園に近いブルーメスホーフ通りに快適な住まいを見つけた。後になって分るのだが、それはちょうど日本大使館（の事務所）の筋向いだった。ハンガリーの地方生活の諷刺画たらんとする次作

（『村の牧歌』）に書き悩んで、時々窓から目をやっていると、日本人らしい一団が斜め向いの建物に入っていくのが見えた。それは毎日繰り返され、いったい何者だろう、ベルリンで何をしているのだろう、と関心を抱くようになって、その建物の前にも行ってみたが、やはりよく分らなかった。その分かえって想像力が膨れ上がり、たちまち新しい作品のテーマが生まれた。これが「台風」成立の発端である。彼は日本人のことをよく知らないままに（しかし、どうして日本人だと分ったのだろう?）、自分を異国の大都会の日本人に置き換え、同じく深い恋愛関係に苦しむことにした。そしてすっかり振り回された別れた恋人の性格を女主人公に移し入れ、死で終る場面を設定して、彼女に罰を加えた。こうして恋情を断ち切ろうとしたのだった。

ベルリンには世界中から人々がやって来たが、そこには小さなハンガリー人集団もあって、作家やジャーナリストたちがカフェー・ルイトポルトの常連席でとぐろを巻いていた。その真中にいたのはハンガリー・ジャーナリズムの大立者ヴェーシ・ヨージェフで、その娘たちを囲んで活発な文学談義が交されていた。ヴェーシは自由党の機関紙「ブダペスト日報」の編集者で、若い詩人、作家に発表の場を与え、多くの才能を育て上げたが、政見の急進化のため同紙と袂を分ち、一九〇六年からベルリンに出ていた。ここで彼はハンガリー文学を紹介する目的で「若きハンガリー」というドイツ語雑誌を刊行していた。言葉のあまり出来ぬレンジェルにとって、この同邦人サロンがどんなに有難い存在だったか、容易に想像がつく。「私たちはついに日本人と同様異邦人だった。彼らはドイツ人より身近に感じられた。」と彼自身も書いているように、「台風」の日本人たちはある程度ベルリンのハンガリー人たちだった。カフェー・ルイトポルトも作中に登場する。要するに、「台風」は、彼の故郷での苦しい恋の体験と、ベルリンでの異邦人としての生活感情と、日本人たちへの好奇心とがない合わされ、それが核になって生まれた、と言ってよさそうである。

日本人劇として

そうすると、あと必要なのは、日本人を舞台上にそれらしく形作るに必要な具体的知識ということになるが、これは簡単には行かないだろう。実際何カ月もの大仕事だったようだ。この点でも外国語能力はネックになったが、幸いに彼はハンガリーで一冊の本とめぐり合った。「唯一確かな資料は、バラートシ・バログ・ベネデクという先生の小さな本だった。」と彼は書いている。私はこの「小さな本」らしきものを探し求めてブダペスト中の図書館を走り回ったが、残念ながら見つけ出すことはできなかった。バラートシは、ブダペストで小学校の教員をしていたが、ハンガリー人の東方原郷への関心から東アジア諸民族の言語を独習し、その生活・文化の研究を始め、一九〇三－〇四年には日本に研究滞在もした。彼はこれを皮切りに長短合わせ四度来日した。その際に収集した諸資料は、現在もブダペストの民俗博物館に保管されている。また戦間期には、活動的なツラン主義者としても聞こえた。三巻から成る彼の大著『大日本』（一九〇五）はよく読まれ、日本に対するハンガリー人の関心を掻き立て、知識を広げた。これは勿論「小さな本」とはとても言えそうにない。だが、その第一巻（紀行篇）に目を通すと、具体的なレベルでのドラマへの対応が見出される。例えば、ドラマに「二六新報」が低劣なジャーナリズムの見本として言及されるところがあるが、バラートシはシベリア鉄道経由で来日したことから、この新聞にロシアのスパイ扱いされて苦しめられた体験があり、それをこの書に書き込んでいる。また節句の席でヒロナリが語る日露戦争時の、いささか信憑性に乏しい「実話」も、その元になったらしい話がこの本に読まれる。おそらくレンジェルが話を換骨奪胎する際に、アナクロニズムを犯したのだろう。ひょっとすると『大日本』紀行篇の縮約普及版というふうなものが別にあったのではなかろうか、とも想像する。ただトケラモの懐郷場面に出てくる江戸川の提灯流しのことなども、やはり具体的な出典がなければ書けないものだが、これはこの本には出てこないから、出典が別になかったとは断定できない。いずれにせよ、にわか勉強でレンジェルがこのドラマを書いたのは間違いないが、全体としてそれまでの水準を超えた、それなりに当時の日本人の特徴をよく捉えたドラマが生まれたと言ってよさそうだ。それも、直前の時期に日本に滞在し、研究と観察を大冊にまとめ上げたバラートシに負うところ大であったろう。

黄禍論と「台風」

ここでその黄禍論についてちょっと立ち止まって検討しておこう。黄禍論とは、一口に言えば、黄色人種が世界の（つまりヨーロッパの）文明に害と禍をもたらす怖れがあり、それを抑えなければならないという主張で、内容面からすると、文明論的・歴史哲学的な主張、類似の歴史的な伝承と記憶、軽蔑・恐怖・不安などの感情と心理、世界政策的な志向等々、さまざまの側面がここでは一つに溶け合わさっている。人間をいくつかの人種に区分することができ、その相互関係と対立から世界の葛藤現象を説明しうるという考えと、自分たち（白人種）だけがすぐれた人種として世界の文明を担いうるというヨーロッパ中心主義的考えとが、公然と或いは暗黙裡に前提されている。いずれにせよ、それを口にしている人たちが現に持っている強大な力やそれを行使しての所業などに照らして言えば、何とも身勝手な、開いた口がふさがらないような主張と言うべきであろう。このような黄禍論が華々しく登場し、典型的な形で喧伝されたのは、十九世紀末から二十世紀初めにかけての、つまり「台風」に直接先行する時期である。

こうした主張の起源をどこまで遡れるかを言うことは難しく、歴史的に伝承され形づくられてきた記憶を引き摺っているのだが、この時期になると、黄禍論の標的はモンゴルやトルコではなく、日本と中国であった。ゴルヴィッアーの「黄禍論とは何か」は、黄禍すなわち「中国人や日本人が白色人種に与える脅威」として、白人労働者たちが苦力たちとの競争を恐れていたこと、日本製品の成功が欧米経済に不安を与えたこと、そして強大な黄色人種の国々が完全に解放され、政治的独立を達成したときの未来図を想像しての恐怖、の三点にまとめている。要するに、黄禍という形に投影された既得権者の不安ないし恐怖の感情にほかならず、逆に言えば、自分たちの枠内にその既得権益を維持しようという無反省な志向の現われであって、ヨーロッパ帝国主義が植民地を求めて膨張し、アジア諸国を資本主義的関係のなかへ引き摺り込むことによって、自己の内部に競争相手を作り上げてしまったジレンマが透けて見える。

この時期の黄禍論の画期をなすのは、ドイツ皇帝ヴィルヘルム二世の名高い「黄禍の図」に示されるイニシアティヴであろう。そのお膝元ベルリンを舞台としたこのドラマとの関連でも、これが直接の雰囲気的前提となる。ヴィルヘルム二世という支配者は、ゴルヴィツァーによると、「国家の方針に自分の趣味を推しつける癖があり、想像力に火がつきやすく、つねに宣伝効果をねらっているという、厄介な人物」で、「効果的なキャッチフレーズはないかと探しまわっていた」そうだ。彼は日清戦争末期の一八九五年、従兄弟のロシア皇帝ニコライ二世に宛てて一枚の絵と書簡を送った。自分でその絵の下図を描いたというから珍しい話だが、それだけに彼の意図があからさまに出ていると見てよいだろう。絵は「ヨーロッパ人よ、汝の神聖な財産を守れ」と題されている。「黄禍の図」と通称されているが、書簡の一節で「アジア大陸を開拓し、大黄色人種の侵入からヨーロッパを守る」先頭に立つようロシアを焚きつけている主旨からして、まず相応の表現であろう。宮廷画家のクナックフースの仕上げたこの絵は国内外に版画やグラビア印刷で送られ、絶大な反響があったらしい。

絵には、右遠方に黒々とした雲の上を泰然自若たる仏陀が、口から炎を吐く龍の背に姿を現わし、その眼下にはヨーロッパらしい畑や川や街の光景が広がっている。左から中央前景にかけて、それらを臨む断崖の上に、ヨーロッパ諸国をかたどっているとされる、武器を手にした女神たちが集められ、大天使ミカエルに、あれを見ろ、迎え撃てと焚きつけられているふうである。こんな宮廷女性ふうの女たちの力ではたして立ち向かえるのかと心配になるが、キリスト教図像学の伝統に従い、龍退治で名高いミカエルがすべてに決着をつけるであろう。女神のなかには、イギリスらしい、あまり乗り気でなさそうなのも混じっていて、このあたりもヴィルヘルム二世がついでに当てつけたのだろう、相当な悪ふざけである。彼の頭のなかではどうやらヨーロッパとアジア、キリスト教と仏教、白色人種と黄色人種、文明と野蛮がセットになっているらしく、単純化して描いたにはちがいなかろうが、反響の大きさから推して、世界政策的な独特のカンが働く人だったのかもしれない。仏陀が攻めてくるイメージにはヨーロッパでもさすがについていけない人が多かったようだが、逆に言うと、仏教徒の多い（と彼が思っている）

地域に狙いを定めた彼の世界政策的な魂胆があけすけに示されているわけである。彼はニコライ二世への書簡で、ツァーをキリスト教文明の前衛とおだて上げつつ、その背後の平和は自分が守ると約束している。この狙いは、極東でイギリスとロシアを争わせ、手薄になった中東方面にドイツの権益を確保しようというところにある、と普通理解されていて、その通りにちがいないと思われる。だがまた、彼は極東アジアにおいても蚊帳の外に置かれまいとし、「ドイツがどこか君の邪魔にならぬところで港を一つ手に入れることの出来るよう好意的に配慮してくれたまえ」などと臆面もなく書きつけている。

日清戦争の頃まではドイツで極東が話題を集めることはまずなかったそうだが、ドイツ帝国主義を体現するヴィルヘルム二世のその派手なやり方は、この雰囲気を大きく変化させた。一九〇〇年に北京のドイツ公使が殺害された義和団事件の際にも、彼は黄禍論を執拗に繰返した。レンジェルは「台風」の着想を問われると、いやずっと前からベルリンの路上にごろごろしていたものですよ、と言うのがつねだったが、これはブダペストとちがって、ベルリンではたくさんの日本人に出会うというだけでなく、黄禍論をめぐるベルリンの巷の話題をも含み込んでの言と考えてよいのかもしれない。彼の意図がどうあれ、このドラマの上演をめぐる反響に黄禍論論議が混ざり込むのは避けがたい運命であった。彼はハトヴァニに宛てた、ある手紙の中で、「僕はいまとてもセンセーショナルなベルリン的劇テーマを摑んだ。望もうが望むまいが、成功疑いなしだ。………僕も大儲けの仲間入りをするぞ。」と書いている。この「大儲け」の材料になる「センセーショナルなベルリン的劇テーマ」についても、まず同様に考えてよいだろう。劇の構成は、黄禍論的意図を体現するなどというところからおよそ遠いと私は思うけれども、登場する日本人たちの発言や態度と関わって、この問題で騒がれることを、作者はあるいは当てにもしていたのではあるまいか。

ブダペスト初演の成功

「台風」がどのようなドラマか、それがどのように成立したか、ということを上に見た。黄禍論のことで回り道をしたついでに、ブダペストの初演の様子を見る前に、ここでもう一つ回り道をし、やはり『わが人生の書』によって、その成立と上演に関わった二人の重要な人間に言及しておこう。一人はモイ・タマーシュといい、以前ハンガリーの地方都市ケチュケメートで劇場支配人をしていたが、彼もまたベルリンのルイトポルト仲間だった。モイはドラマの難点について親身にレンジェルの相談に乗り、どっちみちハンガリーでは理解されそうにないからというので、出来上がったばかりの「台風」をただちにドイツ語に翻訳し、ベルリンのいくつかの劇場に送りつけた。（奇妙なことに、出版されたドイツ語版には訳者名が銘記されていない。モイだけでなく、多数のカフェー仲間が翻訳に関与したのかもしれない。）しかし、どの劇場も、登場人物の名を一瞥しただけで、次々と送り返してきた。十二人の日本人なんて上演できるわけがない、あるいは、日本人はドラマでなく、オペレッタの対象にすぎない、というような理由だったそうだ。がっかりしたレンジェルがブダペストに戻ると、いま一人の重要な人間たるべきファルシュ・エレクに出会った。ファルシュはすでにグラフィカーとしてロンドンで名を上げていた。彼はレンジェルから事情を聞くと、舞台装飾と本の装丁を自分にまわすことを約束させ、電光石火の早業で、ヴィーグ劇場と話をつけた。この劇場は、市民階級の楽しみのために新しく作られた劇場である。契約はすぐにまとまった。レンジェルがベルリンからどんな新作を持って帰るか、ブダペスト中で今か今かと待ち望んでいたのだが、当の本人はそれを知らなかったというわけだ。試演は三週間続いた。第一幕の例の日本場面なども、元はと言えばファルシュのアイディアである。街を歩いている本物の日本人を彼が探し出してきて、俳優たちはおじぎの仕方や日本の歌を習ったりした。「台風」は、ハンガリーで舞台装飾がグラフィカーの手になる最初の劇だったと言われている。本も表紙とカットが彼の手になり、ほとんど同じ装丁でハンガリー語版とドイツ語版が出た。

ドイツ語版はフランクフルトのリュッテン・ウント・レーニング書店から出版されたが、同書店の原稿審査顧問だったマルティン・ブーバーとハトヴァニの、この問題に言及した往復書簡が残っていて、これによって、同書店ではいく人かのハンガリー作家から翻訳出版を企画していたこと、レンジェルのもその一環だったことが分る。

かくて「台風」は、一九〇九年十月三十日、初演の幕を上げ、満員の招待席の前で大喝采を受けた。ヴィーグ劇場だけでも百回を越える公演を行ない、翌夏には野外劇場でも上演された。当時ようやくブダペストは、大陸の演劇都市の一つに成長しつつあり、ウィーンからさらに足を伸ばして各国の演劇人たちがやって来た。そして、先に台本をろくすっぽ見もしないで断わってきたベルリン座が、まっさきにドイツでの公演を申し入れてきた。それは同時に世界の舞台への道を約束するものでもあった。レンジェルは名声を得ただけでなく、俄かに裕福にもなった。銀行口座を開くと、金が次々に振り込まれ、それで彼は両親に家を建て、弟に事業の元手をこしらえることができた。

この時代はハンガリー近代演劇の興隆期であるとともに、これは初めから国際的な結びつきの網の目のなかにあった。レンジェルの前に広大な可能性が開かれているようであった。

クンフィの黄禍論批判

次に紹介するのは、クンフィ・ジグモンドの「台風」評である。これは初演翌日、社会民主党の日刊新聞「ネープサヴァ（人民の声）」の文芸欄に掲載されたものである。クンフィは、反知識人的色彩の強い、当時のハンガリー労働者運動にあって、類まれな理論的資質を持ち、一九〇六年に創刊された社会民主党の理論機関誌「社会主義」の編集者でもあった。彼はのちにルカーチとともに、短命に終ったハンガリー・プロレタリア政権（一九一九）の教育人民委員を務めた。ここに彼の批評を紹介するのは、それがこのドラマとの関連でまともに向き合って黄禍論を論じているからである。

クンフィはまずブダペストとちがい、ベルリンには多数の日本人が、それも政治家や学者たちが滞在していることに触れたあと、ヨーロッパにおける日本人（と中国人）イメージの転換について述べる。箸で食べたり、ちょこまか歩いたり、皇帝の命令で腹を切ったり、軽やかで魅力的な芸者たち、笑いをさそう弁髪のワンさんたち、これらが何年か前まで、オペレッタの人物からヨーロッパ文学の中へ入り込んでいた彼らの姿だった。しかし今や「東洋の覚醒」と呼ばれる大きな歴史的過程で、とりわけ日本が東洋諸民族の先導的役割を演ずるようになって以降、彼らのイメージには厳粛な、それどころか恐ろしい疑問符が付されるようになった。新しい民族大移動の先駆けを見る人たち、黄色人種と白色人種の世界争奪戦を必至と考える人たちも少なくない。あたりを窺う学者たち、狡猾な外交官たち、一級の軍人たち――これらの日本人イメージが瞬く間にヨーロッパ人の意識のなかに入り込んだ。ヨーロッパ中にいるアジア人を、将来に備える日本が遠く差し伸べた導管と見なし、ヨーロッパ文化の価値ある樹液を吸い取ろうとしている、と考えるのである。

クンフィは、こうしたイメージの転換を、大きな政治的経済的変革の随伴現象であるとし、次のように書いている。

文学作品にもジャーナリズムの仕事にも現われている黄禍への恐れは、はっきり言うと、ヨーロッパ文化の（つまり資本主義の）拡大が極東で障害にぶつかり、その障害の大部分が東洋、とりわけ日本のヨーロッパ化、すなわち資本主義国家への転生であることを示している。………その本当の生みの親は、ヨーロッパとアメリカの資本家たちが、自分たちの商品輸出の前へ日本の競争がますます大きな障害物を転がしてくるために、怒りをつのらせているということであり、アメリカの労働者たちが、安くて持久力の高い日本の労働力に対して、しばしば非人間的で反社会的な防衛を行なっているということである。

レンジェルはこのような世界史的背景を選び取ったことによって、登場人物が日本人であることに伴う特殊な雰囲気とより大きな意味とをドラマに付け加えた、とクンフィは言う。しかしそれでもなお自分には、レンジェルの日本人たちが、巧みな技を知的領域に移している違いがあるとはいえ、本質的には古いオペレッタの芸人たちに酷似しているように思えてならない、と上演を見ての印象を記している。彼によれば、レンジェルは日本人たちの特徴をきわめて単純化し、厳しい勤労と団結（共同体への従属の思想）の二つにまとめている。そしてあとはすべてそこから出てくるとしているが、それは誤りである。祖国への奉仕とともに、他方で個人的生活を生き、感じ、苦悩する人間は、日本人にとって日本人でなくなることであるというのは、真実ではないだろうという。これは、トケラモの内的変化が他のすべての日本人に同じように起りうることだと彼が考えていて、レンジェルの劇作法がその可能性を見ないのを批判しているのである。クンフィは、表題の台風をも「足もとの地面を日本という身体から切り離し、人々を滅ぼす」個人的感情のシンボルとしてレンジェルが扱っていると見なし、その上で批判している。彼はこれに続いて作品の梗概を述べ、上演の批評をし、全体としてはそれでも高い評価を与えている。

クンフィは、黄禍への恐れを歴史的な見地から捉え、イメージ的要因と政治的経済的要因を問題にしながら、それを後者の優位において統一的に説明し、その核心を資本主義の現実の動向から、資本家たちの利害競争と労働者たちの賃金問題から迫り、要するにそれがヨーロッパ自身に根拠を持つ、基本的にヨーロッパ問題であることを明確に押さえている、と言ってよいだろう。現実の総体から目を離さず、資本主義的関係を基礎に世界の諸現象を考察しようとする、マルクス主義者としての批判的姿勢がそこに貫かれている。しかし、この点ではドイツでずっと以前にこの問題にぶつかったフランツ・メーリングが社会民主党機関紙「ノイエ・ツァイト」で同様の論陣を張っていたから、彼としても学ぶところがあっただろう。実のところクンフィが劇評の大半をなぜ黄禍論の問題に割いたのかははっきりしない。彼自身、この問題と作品の関わりについて説得的に語っていない。ある種の雰囲気を察知して先回りしたのであろうか。

ハンガリーにおけるさまざまな批評と黄禍論

クンフイの視点の正しさ、鋭さを問うことは、たしかに重要だが、ハンガリーの世論が概ね黄禍論に動かされていなかったことは、クンフィの論調にとってだけでなく、レンジェルの創作の背景という点でも、いっそう重要である。ハンガリーの経済と政治が東方での利害葛藤に絡まり込んでいなかったことが、そうした雰囲気の根底にあるだろう。また一八四九年に対オーストリア独立戦争をロシアの干渉で潰された苦い経緯から来る歴史的感情は、ロシアに勝利した日本への、ハンガリー人の親近感を強めさえもした。これはブダペストに東郷元帥亭という名のレストランが出来たり、日露戦争ごっこで誰もが日本人側になりたがったり、というような日常の卑近な現象にまで及んでいる。東方起源であるハンガリー人たちの思いも無関係とは言えないだろう。もっとも、それを断ち切って、西方化、キリスト教化の途を取ったことこそハンガリーの歴史だという民族的自負からすれば、これは両刃の剣となりうるものでもある。

周辺のものこそ、往々にして自分を内側に算入し、その外に境界線を引きたがるものだから。事実また、ハンガリーで黄禍論的発言を探せば、見つけ出すのに特に苦労はしないだろう。黄禍論に通ずる意見を開陳している批評もあるし、ドラマが反日的だと批判しているのもある。しかしいずれにせよ、ハンガリー人の多くにとって日本人に脅威を感ずる謂われはまずないから、全体としてその雰囲気を支配する感情をあえて言えば、好奇心あたりに落ち着くのではないかと思う。ベルリンの住まいからたまたま日本人たちの姿を見かけたときのレンジェルの気持ちも、その延長線上にあったことはおそらく間違いない。

レンジェルと親しかったハトヴァニは、最初のまとまったレンジェル論を書いた人でもあるが、その中で「台風」において真っ先にレンジェルの関心を引いたのが日本人たちでも黄禍論問題でもなかったことを証言している。彼によれば、レンジェルという作家は、観念的に作品をこねあげるようなところは微塵もなく、そのテーマや人物はごく身近な世界に発しているという。一見エキゾチックなテーマ選択に見える「台風」の場合にもこの点では変わらない。彼は、レンジェルの処女作の主人公からトケラモまで、内に力を頼んだ、革命的情熱の人間がまっすぐに引き継がれていると指摘している。

さまざまの「台風」評を見ているうちに、今度初めて名高い詩人トート・アールパードの若き日の批評を読んだのだが、ブダペストで「台風」が連日大入りで演じられているその最中に、すでに比較的大きないくつかの地方都市でもそれが上演されているのを知って驚いた。現に彼はその一つ、東ハンガリーのデブレツェンでこれを十二月半ばに見ている。当時の演劇事情に私はまったく通じていないが、首都で当り狂言があると、地方でも同じ出し物がさっそく演られたようだ。トートの理解によれば、トケラモは、「何千年にもわたって感情世界から激情を排し、頑強に、ものに動ぜず、機敏に自分たちの道を進んできた民族共同体」の一員だが、ヨーロッパ人の情熱が乗り移ったために滅びる。この点小林ともリンドナー（小谷野注・ベインスキー）とも事態の認識を共有しながら、日本批判、ヨーロッパ批判に結びつけない点で両者と姿勢を異にしている。トケラモの変化を「ヨーロッパ人の情熱が乗り移った」とする解釈はクンフィにも見られたが、レンジェルはこの点を曖昧なままにしていた。しかし、日本人たちを類型化して取り扱ったから、そのように解釈する余地はたしかにあるだろう。

ベルリンの日本人という設定は、当時それだけで大きなセンセーションを巻き起こす磁場のような力があって、レンジェルはそれに目ざとく目をつけたのだが、一つはにわか勉強の日本人像のため、いま一つは彼自身の意図の不徹底さのため、ハンガリーでも諸外国でも、それをめぐって雑多な解釈、議論が入り込むことなったのではないかと思われる。クンフィが言うように、ヨーロッパの日本人イメージはそれまでのオペレッタ的ステレオタイプからようやく脱しようとするところであった。しかし、とりあえずそれに取って代わる強いインパクトを与えたのは日露戦争であったから、レンジェルの作品にも、またそれをめぐる受容にも、これが直接に大きな影を落としていることは否めない。「台風」は、なおオペレッタ的な類型化という、クンフィの指摘する欠陥を免れていず、その意味では日本人イメージの転換にあって過渡的な位置を占めるものと言えるだろう。

＊

なお、丸山氏のレンジェルに関するほかの論文としては、

「日本人たちの見た「台風」劇（上）黄禍論問題に留意しつつ」（『金沢大学経済学部論集』23(2), pp.89-112, 2003-03）

があるが、これは「下」で帝劇での上演にも触れる予定だったが出ていないそうである。また「颱風（タイフーン）」以外では、

「レンジェルとその処女戯曲「偉大な領主」をめぐって」（『金沢大学教養部論集 人文科学篇』30(1),

pp.101-111, 1992)

があり、いずれもCiNii（サイニイ）で閲覧可能である。

ジャポニズム・フィクションの系譜

「颱風」のように、明治以降、西洋人が日本あるいは日本人を題材とした小説やオペラ、演劇、映画、美術をまとめて「ジャポニズム藝術」と呼ぶが、ここでは美術を除いたものを「ジャポニズム・フィクション」として見ていきたい。

その先駆となったのが、ウィリアム・シュウェンク・ギルバートの脚本、アーサー・サリヴァンの作曲によるオペレッタ「ミカド」である。これはギルバート&サリヴァンと呼ばれるコンビの「サヴォイ・オペラ」の一つで、一八八五年（明治十八）にロンドンで上演され大当たりをとった。ギルバートらは、ロンドンで開かれた万国博覧会の日本村で、日本に関する情報を仕入れたらしい。物語の舞台はティティプとされており、当時秩父事件が話題になっていたため地名をとったのだろうと言われ、埼玉県秩父市では「ミカド」の上演を熱心に行っている。

西洋人の関心を呼び起こした日本のものといえば、ゲイシャ、ムスメ、ミカドなどである。明治政府は国民に天皇崇拝を植え付ける努力はしたが、明治十八年という段階では、まだそれほど浸透していなかったはずだ。オペレッタ「ミカド」では、「ミカド」という語が発せられるとそこにいる日本人がみな直立不動になったりするが、この首肯は「颱風」にも受け継がれている。しかし、もしかすると「ミカド」の上演において、この「直立不動」の演出がされるようになったのは、「颱風」以後のことではないだろうか。むしろ日本人の天皇崇拝が定着したのは日露戦争後の時代だろうと考えるからだ。

「ミカド」には、「宮さん宮さん」のメロディーが長調に変えられて使われていることも知られる。維新の際に東征軍が演奏していたとされるものだが、品川弥次郎作詞、大村益次郎作曲とされる。

　物語はお伽噺風ロマンスで、ミカドの息子のナンキ・プーが吟遊詩人に姿を変えて放浪し、カティシャという年上のシコメとの結婚を避ける。学校帰りの三人娘の一人ヤムヤムと恋におちるが、こちらは死刑執行大臣のココがヤムヤムに横恋慕するが、結局ナンキ・プーとヤムヤムが結ばれ、ココがカティシャと結ばれるという定型的な喜劇ロマンスである。戦前の日本では皇室に不敬だとして上演を禁じられており、戦後になって長門美保歌劇団などが上演した。もっとも道具立ては日本に借りているが内容は英国の政治風刺であると作者らは言っている。

「ミカド」が初演された一八八五年に、フランス海軍士官として初めて日本を訪れたのがピエール・ロティ（一八五〇－一九二三）で、ロティは鹿鳴館の舞踏会にも参加して「江戸の舞踏会」を書き、のちに芥川龍之介がこれを日本女性の側から見た「舞踏会」を書いている。また長編として『お菊さん』（一八八七）を書いており、一時は日本でもよく読まれたが、今では読まれない。岩波文庫の野上豊一郎訳の解説には「作者が海軍士官として初めて日本に来て、長崎の郊外で可憐な少女オキクサンと退屈な一夏を過した時の日記体の小説。気の毒なムスメお菊さんが青ざめた人形のように取扱われているこの小説は、本質において日本文化の批判であり、結果において外国人が日本的なるものを理解することがいかに困難であるかの告白である」などと辛辣なことが書いてあるが、単に凡作だったというだけではないか。

ロティと対比されることもあるラフカディオ・ハーンは、日本で有名で、西洋ではさほど知られておらず、「ジャポニスム」の作家というより、日本に帰化して英語で書いた作家という当時としては特異な位置を占めている。

イタリアの作曲家ピエトロ・マスカーニ（一八六三－一九四五）は、ヴェリズモ・オペラ「カヴァレリア・ルスティカーナ」で知られるが、日本を舞台としたオペラ「イリス」（一八九八）もある。これは幻想的なオペラで、アヤメの精である女を主役としたものである。

プッチーニのオペラとして名高い「蝶々夫人（マダム・バタフライ）」（一九〇四）は、アメリカのジョン・ルーサー・ロングの同名小説が原作で、これの翻訳は『原作蝶々夫人』（古崎博訳、鎮西学院長崎ウエスレヤン短期大学、一九八一）として刊行されている。これをアメリカのデヴィッド・ベラスコが劇化してニューヨークで当たりをとっていたのを、プッチーニのリブレッティストらがオペラ化したものである。ベラスコの劇では「西部の娘」もプッチーニがオペラ化している。

もともと、日本人の節操の堅さ、プライドの高さを主題とした作品だが、プッチーニの台本作者たちには、アメリカ批判の意図もあったようで、「ピンカートンはアメリカの浣腸剤です」などと書かれた手紙もある。イタリア移民はアメリカでは差別されていたから、イタリア人にはそういう意図もありうるので、単純に日本対西洋の図式でこういうものを見るべきではないということだ。

一九二一年に英国で出た小説『キモノ』は、英語圏で一大ベストセラーとなり、日本で若柳長清という人が訳したものもかなり売れたようだ。著者はジョン・パリスとなっているが、正体は英国外務省勤務のアシュトン＝ガトキンという。英国で生まれ育って日本人令嬢が、英国人と結婚して祖国日本を訪れ、吉原遊郭などを中心とする日本の実像に幻滅するという話で、日英同盟の失効と符節をあわせた、黄禍論小説とされている。世界各国で翻訳され、続編として『サヨナラ』『バンザイ』から一九三二年の『マツ』まで続編が書かれている。二作目『サヨナラ』は川端康成が翻訳するという広告もあったが、やはり若柳訳で出ている。

一九三〇年代の米国では、ジョン・P・マーカンド作の「天皇の密偵　ミスター・モト（Mr. Moto）」シリーズが大流行し、映画化もされているが、「颱風」と基本的な考え方は同じである。しかし日米関係がまだ良好だった時代のものだ。

一九三六年のフランス映画「ヨシワラ」は、モーリス・デコブラの原作をマックス・オフュルスが監督したもので、早川雪洲、田中路子が出ている。明治初年、武士だった父が破産して切腹し、娘の小花は吉原の花魁(おいらん)に身を沈めた。某国の中尉ポレノフは小花と愛しあうようになるが、よんどころない事情で機密文書を小花に託す。だがそのため小花は外国の間諜として処刑され、ポレノフは熱病で船の中で病臥していたのを海を泳いで渡り小花を救おうとしたが果たせず、病死してしまうという話だ。

戦後は米軍の占領をへて、日本ロケのアメリカ映画が何本か作られたが、いずれも「ひどい」と言われている。一九四九年の「東京ジョー」は、戦前日本で店を出していたジョー（ハンフリー・ボガート）が戦後の日本へやってきてロシヤ人の元の妻と再会、七歳の娘と初めて会う。妻は戦時中日本政府に命じられて米軍向けの謀略放送をしていた。ジョーはキムラ男爵（早川雪洲）を頼るが、男爵は妻の過去を知っていて、というサスペンス。それほどおかしなところはないが、ジョーのところで働く日本人青年が「鎌倉権五郎景政」と名乗るのが一番の笑いどころ。一九五五年の「東京暗黒街・竹の家」はサミュエル・フラー監督で、早川雪洲、山口淑子が出演した。ウィリアム・ケイリー監督の「情無用の街」（一九四八）の舞台を戦後の東京に置き換えたリメイク作品で、東京（浅草、月島、銀座など）、神奈川（横浜港、鎌倉など）、山梨で、四十三日間にわたりロケ撮影が行なわれた。室内シーンの多くは、アメリカの撮影所に作られたセットである。ちゃちなギャング映画で、特に舞台が日本である必然性はなかった。

一九五四年のアメリカ映画「トコリの橋」はジェイムズ・ミッチェナーの原作で、朝鮮戦争を描いたものだが、一部日本ロケがあり、淡路恵子も出演している。マーク・ロブソン監督、ウィリアム・ホールデン主演だが、箱根の富士屋ホテルの家族風呂にホールデン一家が入っていると、あとから日本人一家が入ってこようとして、ホールデンは「いや、ここはプライベートで貸し切りだ」と英語で言うのだが、日本人らは理解せず、服を脱いで隣の仕切りに入湯するという不思議なシーンがある。これは、日本人は男女混浴を気にしないといった神話の影響であろうか。

一九五六年のアメリカ映画「八月十五夜の茶屋」は、米軍占領下一九四六年の沖縄を舞台とし、通訳サキニをマーロン・ブランドが演じ、時々片言の日本語を話す。将校をグレン・フォード、藝者の蓮華（ロータス・ブラッサム）を京マチ子が演じて、沖縄の人々が茶屋を作って藝者になろうとするという喜劇である。日本語はみな標準語で、衣装だけがやや沖縄風だが、これも藝者文化への中途半端な理解から成っているが、それほど不快な映画ではない。

一九五七年のアメリカ映画「サヨナラ」は、ジェイムズ・ミッチェナーの原作で、ジョシュア・ローガン脚本、これもマーロン・ブランド主演で、日米の恋を描いたものだ。朝鮮戦争での撃墜王ロイド・グルーバー少佐（ブランド）が同僚のケリー（レッド・バトンズ）と共に日本へ転勤となり関西にやってくる。この時、リカルド・モンタルバンが歌舞伎役者ナカムラに扮して鏡獅子を踊る驚くべき場面がある。モンタルバンはあとのほうでも歌舞伎の役を務めている。ある日グルーバーは大阪松竹歌劇団をモデルとしたマツバヤシ歌劇のレビューを観に行き、花形スターハナオギ（高美以子）に一目惚れし、同僚ケリーの恋人であるカツミ（ナンシー梅木）の計らいでハナオギと出会う。ハナオギは戦争で親を亡くしたため、米国人に対しての嫌悪感を表明するが、グルーバーの熱意に徐々に心を開き、やがて恋に落ちる。当時米軍では日本人との結婚が禁止されていた。またハナオギが恩を感じるマツバヤシ歌劇団でも結婚は退団を意味し二人の心に暗い影が差し始める。一行は心中を描いた人形浄瑠璃を観に行くが、それを伏線として、ケリーとカツミが心中してしまう。日本人の暴徒が、ヤンキーは帰れという暴動を起こし、グルーバーは命からがら逃げる。上司は、あれは米軍を快く思わない者たちの煽動で、一般日本人の感情ではないと説明する。ハナオギはグルーバーとの別れを決心し、東京公演のため逃げるようにグルーバーの元を去る。グルーバーは追うように東京に行き、彼女を説き伏せ、記者団に対して二人の結婚を発表する。

「黒船」の邦題がついた一九五八年の映画は、エリス・セント・ジョセフ原作で、原題は「バーバリアン・アンド・ゲイシャ」である。ジョン・ヒューストン監督で、ジョン・ウェインが下田へ来たアメリカ総領事タウンゼンド・ハリスを演じ、安藤永子が唐人お吉を演じる幕末もので、台本監修に衣笠貞之助、台詞指導に犬塚稔が当たり、日本でロケを行っている。しかし唐人お吉の物語とは違い、下田奉行の田村左衛門督の物語で、これを山村聡が演じた。東大卒の山村は見事な英語をしゃべり、はじめ警戒していたハリスに次第に打ち解けてゆく。アメリカ船がコレラを下田の町に持ち込み、ハリスとヒュースケンは家々に火をつけてコレラを防ぐが、牢に入れられる。村人たちに感謝されたハリスは、江戸へ出て将軍に会い、新たな条約締結にこぎつける。田村は反対派に属したためハリスを暗殺しようとするが、寝床にはお吉が寝ていて、ハリスを殺せなかった田村は自害する、という荒唐無稽な筋だ。

下田奉行が英語を話すのはともかく、江戸へ出てからは考証はかなり変で、大広間でハリスとヒュースケンが座っているところで大名たちが居流れてあれこれ議論をふっかけるし、御稚児さんのようなのが侍っている。将軍は家茂だが、望遠鏡を初めて見たらしい。しかし望遠鏡は徳川時代日本では普通に普及していた。ほかにも行列の奇妙な踊りや、「黒田節」をアレンジした音楽などいろいろ変だが、ましなほうだろう。

トルーマン・カポーティの『ティファニーで朝食を』(一九五八)には、「ユニオシ」という奇妙な名前の日本人が登場する。トケラモほどではないが、当時の米国人作家の日本に関する知識の程度が分かる。しかも映画版(一九六一)ではユニオシは出っ歯で眼鏡のステレオタイプな日本人像として描かれ、のちに批判を受けている。

映画「青い目の蝶々さん」(一九六二)は、シャーリー・マクレーン主演で、アメリカの人気女優が、イブ・モンタンの演じる夫の映画監督が日本で日本人を使って「蝶々夫人」を撮るというので、夫に内緒で渡日して日本人藝者に化け、主演するという夫婦愛コメディだが、原題は「マイ・ゲイシャ」である。片言の日本語しかできない妻は、時おり「一二三四五六七左甚五郎」とわけの分からないことを言う。

一九七三年の「ダーティハリー2」には、端役でアデル・ヨシオカという日系の美人女優が出てくるが、これが、クリント・イーストウッドにいきなり「私と寝ない？」と言うまか不思議な女の役で、特に意味がない。日本の女はそういうものだと思われていたからであろうか。

一九七四年の映画「ザ・ヤクザ」(シドニー・ポラック監督)は、高倉健、岸惠子、ロバート・ミッチャムが主演で、岡田英次のやくざと、ミッチャムの演じる私立探偵の戦いを高倉が助けるが、実は敗戦後、高倉の妻だった岸惠子は進駐軍のミッチャムの情婦になっていた過去があるという入り組んだ筋で、やくざは「サムライ」精神が生きているものと説明され、剣道の道場で高倉がいきなり真剣を抜いたり、最後は高倉もミッチャムも小指を詰めるという生々しい映画である。これはタランティーノの「キル・ビル」に影響したとされ、かつての「サムライ」が「ヤクザ」に変わった契機とも言える。ここで脇役で出たハーブ・エデルマンは、山田洋次の「男はつらいよ　寅次郎春の夢」(一九七九)に準主役、「アメリカの寅さん」的なセールスマン・マイケルとして出演し、寅さんの妹のさくらに懸想する役を演じている。

ジェイムズ・クラヴェルの『将軍』(一九八〇)は、米国でベストセラーになった、三浦按針(ウィリアム・アダムス)をモデルとした人物を描いた日本を舞台とした通俗歴史小説で、ドラマ化が放送されて、三船敏郎が将軍、島田陽子が日本人女を演じてヌードになったりしたが、ここでは「ゲイシャ、ムスメ」時代以来の、日本の女はエロティックだというステレオタイプがある。

その後も、アニメ「ニンジャ・タートルズ」はともかく、「ラスト・サムライ」(二〇〇三)のような珍妙なジャポニズム映画もできて、奇妙にも日本でも評価されたりしている。私にはむしろ「ベルリン忠臣蔵」(一九八七)のような珍妙なもののほうが面白い。二〇〇七年の映画「シルク」は、日本・カナダ・フランス・イタリア・英国合作で、アレッサンドロ・バリッコの『絹』が原作だが、十九世紀が舞台で、フランス人の主人公がシベリアを渡って日本へ絹の買い付けにやってくる、その日本の描写がいつの時代だか分からない珍妙なものだった。やはり二〇〇七年の「ハンニバル・ライジング」はトマス・ハリス原作の映画化で、「羊たちの沈黙」のハンニバル・レクターの来し方を描いているが、第二次大戦で孤児となり、レディ・ムラサキというコン・リーが演じる日本人らしい叔母に育てられる場面があり、「大坂の陣」の絵だといって敵将の生首の絵を見せられたり、日本の鎧兜が飾られていたり、竹刀で剣道をやったり日本刀で人を殺したりと、妙な日本趣味に彩られていた。

日本人の中には、西洋人から好意的に理解されたいと思っている人が多く、ジャポニズム・フィクションで批判的に描かれると憤慨する人もいるようだが、当っている批判は受け止めるといった冷静な態度が求められるだろう。

＊　＊　＊

『颱風』については、もともとハンガリー語で書かれた作品なので、重訳で出すことに心苦しさがあり、丸山先生に共訳の申し入れもしたのだが、アーヴィングの英訳によって世界に広まったのだからいいのではないかと言われ、御言葉に甘えることにした。

ハンガリー語の早稲田みか氏（大阪大学）、ブダペストのレンジェル・メニヘールト図書館には、年譜を作成する上でお世話になった。記してお礼申し上げる。

［著者略歴］

レンジェル・メニヘールト［Lengyel Menyhért 1880–1974］

ハンガリーの劇作家。本作「颱風」が世界的なヒットとなる。他の代表作に、ハンガリーのバルトークが曲をつけたパントマイム劇「中国の不思議な役人」（一九一六年発表）がある。ナチスを逃れて米国に渡り、ハンガリー出身のエルンスト・ルビッチらと映画の仕事をした。戦後はイタリアに渡り、ローマ大賞を受賞した。

［訳者略歴］

小谷野敦［こやの・あつし］

一九六二年、茨城県生まれ。東京大学文学部英文科卒。同大学院比較文学比較文化専攻博士課程修了、学術博士。作家・比較文学者。二〇〇二年に『聖母のいない国』でサントリー学芸賞受賞。著書に、『谷崎潤一郎伝』『川端康成伝』（以上、中央公論新社）、『馬琴綺伝』（河出書房新社）、『江藤淳と大江健三郎』（筑摩書房）、『東十条の女』（幻戯書房）、『とちおとめのババロア』『弁慶役者　七代目幸四郎』（以上、青土社）、『歌舞伎に女優がいた時代』（中公新書ラクレ）ほか多数。

〈ルリユール叢書〉
颱風（タイフーン）

二〇二〇年八月七日　第一刷発行

著者　レンジェル・メニヘールト
訳者　小谷野敦
発行者　田尻勉
発行所　幻戯書房
郵便番号一〇一－〇〇五二
東京都千代田区神田小川町三－十二　岩崎ビル二階
電話　〇三（五二八三）三九三四
FAX　〇三（五二八三）三九三五
URL　http://www.genki-shobou.co.jp/
印刷・製本　中央精版印刷

ISBN978-4-86488-201-9　C0397

〈ルリユール叢書〉発刊の言

厖大な情報が、目にもとまらぬ速さで時々刻々と世界中を駆けめぐる今日、かえって〈遅い文化〉の意義が目に入りやすくなってきました。例えば、読書はその最たるものです。それというのも読書とは、それぞれの人が自分のリズムで本を読み、日々の生活や仕事、世界が変化する速さとは異なる時間を味わう営みでもあります。人間に深く根ざした文化と言えましょう。

本はまた、ページを開かないときでも、そこにあって固有の時間を生みだすものです。試しに時代や言語など、出自を異にする本が棚に並ぶのを眺めてみましょう。ときには数冊の本のなかに、数百年、あるいは千年といった時間の幅が見いだされるかもしれません。そうした本の背や表紙を目にすることから、すでに読書は始まっています。

気になった本を手にとり、一冊また一冊と読んでいくと、目には見えない書物同士の結び目として「古典」と呼ばれる作品があることに気づきます。先人の知を尊重し、これを古典として保存、継承していくなかで書物の世界は築かれているのです。かつて盛んに翻訳刊行された「世界文学全集」も、各国文学の古典を次代の読者へと手渡し、共有する試みでした。

古今東西の古典文学は、書物という形をまとって、時代や言語を越えて移動します。〈ルリユール叢書〉は、どこかの書棚でよき隣人として一所に集う――私たち人間が希望しながらも容易に実現しえない、異文化・異言語・異人同士が寛容と友愛で結びあうユートピアのような――〈文芸の共和国〉を目指します。

また、それぞれの読者にとって古典もいろいろです。私たちは、そのつど本を読みながら、時間をかけた読書の積み重ねのなかで、自分だけの古典を発見していくのです。〈ルリユール叢書〉は、新たな古典のかたちをみなさんとともに探り、育んでいく試みとして出発します。

Reliure〈ルリユール〉は「製本、装丁」を意味する言葉です。
ルリユール叢書は、全集として閉じることのない
世界文学叢書を目指し、多種多様な作品を綴じながら、
文学の精神を紐解いていきます。
一冊一冊を読むことで、読者みずからが〈世界文学〉を
作り上げていくことを願って――

［**本叢書の特色**］

❖名作の古典新訳から異端の知られざる未発表・未邦訳まで、世界各国の小説・詩・戯曲・エッセイ・伝記・評論などジャンルを問わず紹介していきます（刊行ラインナップをご覧ください）。

❖巻末には、外国文学者ならではの精緻、詳細な作家・作品分析がなされた「訳者解題」と、世界文学史・文化史が見えてくる「作家年譜」が付きます。

❖カバー・帯・表紙の三つが多色多彩に織りなされた、ユニークな装幀。

〈ルリユール叢書〉刊行ラインナップ

［既刊］

アベル・サンチェス	ミゲル・デ・ウナムーノ［富田広樹＝訳］
フェリシア、私の愚行録	ネルシア［福井寧＝訳］
マクティーグ　サンフランシスコの物語	フランク・ノリス［高野 泰志 訳］
呪われた詩人たち	ポール・ヴェルレーヌ［倉方健作＝訳］
アムール・ジョーヌ	トリスタン・コルビエール［小澤真＝訳］
ドクター・マリゴールド　朗読小説傑作選	チャールズ・ディケンズ［井原慶一郎＝編訳］
従弟クリスティアンの家で　他五篇	テーオドール・シュトルム［岡本雅克＝訳］
独裁者ティラノ・バンデラス　灼熱の地の小説	バリェ＝インクラン［大楠栄三＝訳］
アルフィエーリ悲劇選　フィリッポ　サウル	ヴィットーリオ・アルフィエーリ［菅野類＝訳］
断想集	ジャコモ・レオパルディ［國司航佑＝訳］
颱風［タイフーン］	レンジェル・メニヘールト［小谷野敦＝訳］
子供時代	ナタリー・サロート［湯原かの子＝訳］

［以下、続刊予定］

聖伝	シュテファン・ツヴァイク［宇和川雄・籠碧＝訳］
ボスの影	マルティン・ルイス・グスマン［寺尾隆吉＝訳］
ミルドレッド・ピアース	ジェイムズ・M・ケイン［吉田恭子＝訳］
仮面の陰　あるいは女性の力	ルイザ・メイ・オルコット［大串尚代＝訳］
ニルス・リューネ	イェンス・ピータ・ヤコブセン［奥山裕介＝訳］
三つの物語	スタール夫人［石井啓子＝訳］
エレホン	サミュエル・バトラー［小田透＝訳］
不安な墓場	シリル・コナリー［南佳介＝訳］
聖ヒエロニュムスの加護のもとに	ヴァレリー・ラルボー［西村靖敬＝訳］

＊順不同、タイトルは仮題、巻数は暫定です。＊この他多数の続刊を予定しています。